馬華文學批評大系：李有成

Malaysian Chinese Literary Criticism : Lee Yu-cheng

李有成著

by Lee Yu-cheng

元智大學中語系  二〇一九年二月

Department of Chinese Linguistics & Literature,
Yuan Ze University, Taiwan.

馬華文學批評大系：李有成

主　　編：鍾怡雯、陳大為

本卷作者：李有成

編校小組：江劍聰、王碧華、莊國民、劉翌如、謝雯心

出版單位：元智大學中國語文學系

　　　　　桃園市中壢區遠東路 135 號

電　　話：03-4638800 轉 2706, 2707

網　　址：http://yzcl.tw

版　　次：2019 年 02 月初版

訂　　價：新台幣 300 元

Malaysian Chinese Literary Criticism : Lee Yu-cheng

Editors : Choong Yee Voon & Chan Tah Wei

Author : Lee Yu-cheng

國家圖書館出版品預行編目（CIP）資料

馬華文學批評大系：李有成 / 李有成著；
鍾怡雯, 陳大為主編. -- 初版. --
桃園市：元智大學中文系, 2019.02　　面；　　公分

ISBN 978-986-6594-38-0(平裝)
1.海外華文文學　2.文學評論

850.92　　　　　　　　　　108001105

總序：殿 堂

　　翻開方修（1922-2010）在一九七二年出版的《新馬華文文學大系（1919-1942）‧理論批評》，當可讀到一個「混沌初開」、充滿活力和焦慮、社論味道十足的大評論時代。作為一個國家的馬來亞尚未誕生，在此居住的無國籍華人為了「建設南國的文藝」，為了「南國文藝底方向」，以及「南洋文藝特徵之商榷」，眾多身分不可考的文人在各大報章上抒發高見，雖然多半是「赤道上的吶喊」，但也顯示了「文藝批評在南洋社會的需求」。[1]

　　這些「文學社論」的作者很有意思，他們真的把寫作視為經國之大業、不朽之盛事，披荊斬棘，開天闢地，為南國文藝奮戰。撰

---

[1] 本段括弧內的文字，依序為孫藝文、陳則矯、悠悠、如焚、拓哥、（陳）錬青的評論文章篇名，發表於一九二五～三〇年間，皆收錄於方修《新馬華文文學大系（1919-1942）‧理論批評》一書。此書所錄最早的一篇有關文學的評論，刊於一九二二年，故其真實的時間跨度為二十一年。

寫文學社論似乎成了文人與文化人的天職。據此看來，在那個相對
單純的年代，文學閱讀和評論是崇高的，在有限的報章資訊流量中，
文學佔有美好的比例。

年屆五十的方修，按照他對新馬華文文學史的架構，編排了這
二十一年的新馬文學評論，總計 1,104 頁，以概念性的通論和議題討
論的文學社論為主，透過眾人之筆，清晰的呈現了文藝思潮之興替，
也保存了很多珍貴的文獻。方修花了極大的力氣來保存一個自己幾
乎徹底錯過的時代[2]，也因此建立了完全屬於他的馬華文學版圖。沒
有方修大系，馬華文學批評史恐怕得斷頭。

苗秀（1920-1980）編選的《新馬華文文學大系（1945-1965）‧理
論》比方修早一年登場，選文跳過因日軍佔領而空白的兩年（1943-
1944），從戰後開始編選，採單元化分輯。很巧合的，跟第一套大系
同樣二十一年，單卷，669 頁。兩者最大的差異有二：方修大系面對
草創期的新馬文壇氣候未成，幾無大家或大作可評，故多屬綜論與
高談；苗秀編大系時，中堅世代漸成氣候，亦有新人崛起，可評析
的文集較前期多了些。其次，撰寫評論的作家也增加了，雖說是土
法煉鐵，卻交出不少長篇幅的作家或作品專論。作家很快成為一九
五〇、六〇年代馬華文學評論的主力，文學社論也逐步轉型為較正
式的文學評論。

二〇〇四年，謝川成（1958- ）主編的第三套大系《馬華文學大

---

[2] 方修生於廣東潮安縣，一九三八年南來巴生港工作。一九四一年，十九歲的
方修進報社擔任見習記者，那是他對文字工作的初體驗。

系・評論（1965-1996）》（單卷，491頁）面世，實際收錄二十四年的評論[3]，見證了「作家評論」到「學者論文」的過渡。這段時間還算得上文學評論的高峰期，各世代作家都有撰寫評論的能力，在方法學上略有提升，也出現少數由學者撰寫的學術論文。作家評論跟學者論文彼消此長的趨勢，隱藏其中。此一趨勢反映在比謝氏大系同年登場（略早幾個月出版）的另一部評論選集《馬華文學讀本 II：赤道回聲》（單卷，677頁），此書由陳大為（1969-）、鍾怡雯（1969-）、胡金倫（1971-）合編，時間跨度十四年（1990-2003），以學術論文為主[4]，正式宣告馬華文學進入學術論述的年代，同時也體現了國外學者的參與。赤道形聲迴盪之處，其實是一座初步成形的馬華文學評論殿堂。

　　一九九〇年代後期是個轉捩點，幾個從事現代文學研究的博士生陸續畢業，以新銳學者身分投入原本乏人問津的馬華文學研究，為初試啼音的幾場超大型馬華文學國際會議添加火力，也讓馬華文學評論得以擺脫大陸學界那種降低門檻的友情評論；其次，大馬本地中文系學生開始關注馬華文學評論，再加上撰寫畢業論文的參考需求，他們希望讀到更為嚴謹的學術論文。這本內容很硬的《赤道回聲》不到兩年便銷售一空。新銳學者和年輕學子這兩股新興力量的注入，對馬華文學研究的「殿堂化」產生推波助瀾的作用。

　　這四部內文合計 2,941 頁的選集，可視為二十世紀馬華文學評論

---

[3]　此書最早收入的一篇刊於一九七三年，完全沒有收入一九六〇年代的評論。
[4]　全書收錄三十六篇論文（其中七篇為國外學者所撰），三篇文學現象概述。

的成果大展，或者成長史。

　　殿堂化意味著評論界的質變，實乃兩刃之劍。

　　自二十一世紀以來，撰寫評論的馬華作家不斷減少，最後只剩張光達（1965-）一人獨撐，其實他的評論早已學術化，根本就是一位在野的學者，其論文理當歸屬於學術殿堂。馬華作家在文學評論上的退場，無形中削弱了馬華文壇的活力，那不是《蕉風》等一兩本文學雜誌社可以力挽狂瀾的。最近幾年的馬華文壇風平浪靜，國內外有關馬華文學的學術論文產值穩定攀升，馬華文學研究的小殿堂於焉成形，令人亦喜亦憂。

　　這套《馬華文學批評大系》是為了紀念馬華文學百年而編，最初完成的預選篇目是沿用《赤道回聲》的架構，分成四大冊。後來發現大部分的論文集中在少數學者身上，馬華文學評論已成為一張殿堂裡的圓桌，或許，「一人獨立成卷」的編選形式，更能突顯殿堂化的趨勢。其次，名之為「文學批評大系」，也在強調它在方法學、理論應用、批評視野上的進階，有別於前三套大系。

　　這套大系以長篇學術論文為主，短篇評論為輔，從陳鵬翔（1942-）在一九八九年發表的〈寫實兼寫意〉開始選起，迄今三十年。最終編成十一卷，內文總計 2,666 頁，跟前四部選集的總量相去不遠。這次收錄進來的長論主要出自個人論文集、學術期刊、國際會議，短評則選自文學雜誌、副刊、電子媒體。原則上，所有入選的論文皆保留原初刊載的格式，除非作者主動表示要修訂格式，或增訂內容。總計有三分之一的論文經過作者重新增訂，不管之前曾否結集。這套大系收錄之論文，乃最完善的版本。

　　以個人的論文單獨成卷，看起來像叢書，但叢書的內容由作者自定，此大系畢竟是一套實質上的選集，從選人到選文，都努力兼顧到其評論的文類[5]、議題、方向、層面，盡可能涵蓋所有重要的議題和作家，經由主編預選，再跟作者商議後，敲定篇目。從選稿到完成校對，歷時三個月。受限於經費，以及單人成冊的篇幅門檻，遺珠難免。最後，要特別感謝馬來西亞畫家莊嘉強，為這套書設計了十一個充滿大馬風情的封面。

鍾怡雯

2019. 01. 05

---

　　[5] 小說和新詩比較可以滿足預期的目標，散文的評論太少，有些出色的評論出自國外學者之手，收不進來，最終編選的結果差強人意。

編輯體例

[1] 時間跨度：從 1989.01.01 到 2018.12.31，共三十年。

[2] 選稿原則：每卷收錄長篇學術論文至少六篇，外加短篇評論（含篇幅較長的序文、導讀），總計不超過十二篇，頁數達預設出版標準。

[3] 作者身分：馬來西亞出生，現為大馬籍，或歸化其他國籍。

[4] 論文排序：長論在前，短評在後。再依發表年分，或作者的構想來編排。

[5] 論文格式：保留原發表格式，不加以統一。

[6] 論文出處：採用簡式年分和完整刊載資訊兩款，或依作者的需求另行處理。

[7] 文字校正：以台灣教育部頒發的正體字為準，但有極少數幾個字用俗體字。地方名稱的中譯，以作者的使用習慣為依據。

目　錄

歷史的鬼魅：
李永平小說中的戰爭記憶

「我自己沒有經歷過戰爭，在戰爭記憶逐漸淡化的今天，我認為重要的是，謙虛地回顧過去，經歷過戰爭的一代應將悲慘的經驗以及日本走過的歷史正確地傳達給不知戰爭的一代。」

——日本德仁皇太子（二〇一五年二月二十三日東宮御所記者會）

一

　　自一九九二年出版長篇小說《海東青：臺北的一則寓言》以後，李永平的每一部小說都或多或少涉及戰爭記憶；而這些戰爭記憶主要又與日本侵華戰爭（即第二次中、日戰爭）與太平洋戰爭的歷史有關。李永平的小說向不以完整的情節結構著稱，他刻意敷演的多半是插曲式的（episodic）的情節，章節與章節之間未必呈緊密的有機關係，有時候個別章節甚至可以獨立存在，而且對前後故事的發展往往影響不大。簡單言之，他的小說有別於早期以對日抗戰為背

景的文學創作，如徐速的《星星、月亮、太陽》或王藍的《藍與黑》，也不屬於馬英文學傳統下歐大旭（Tash Aw）的《和諧絲莊》（*The Harmony Silk Factory*）或陳團英（Tan Twan Eng）的《雨的禮物》（*The Gift of Rain*）。在歐大旭與陳團英這兩部馬來西亞華人作家以英文撰寫的小說中，有許多場景直接指涉太平洋戰爭，特別是一九四一至四五年間日本皇軍在馬來半島的暴虐統治。抽離了這些場景，這些小說在情節結構上就會造成缺陷。李永平的小說不同，他所召喚的戰爭記憶大部分散見於個別的小說章節中，前後章節多半關係不大，而且通常只屬於小說的某一部分，並不是小說的全部。

　　最早出現這些戰爭記憶的即是長達五十萬言的《海東青》。小說的副書名清楚說明這部小說影射臺北。王德威認為「《海東青》擺明了是一則關於臺灣的寓言，寫留美歸國學人靳五和七歲的小女孩朱鴒在海東市（臺北？）街頭邂逅，竟日遊蕩的過程。書裡情節其實乏善可陳，但李永平在描寫這座城市的淫逸混亂上，卻呈現了一場又一場的文字奇觀。」[1] 王德威點出了《海東青》這部小說的主要關懷，不過細讀之後我們發現，《海東青》其實也是一則有關一群人「避秦鯤島」的故事。[2]

　　《海東青》第三部〈春，海峽日落〉第十一章題為〈一爐春火〉，主要的情節在敘寫國立海東大學文學院一群教授喝春酒餐敘的經

---

[1] 王德威，〈序：原鄉想像，浪子文學〉，李永平，《迌迌：李永平自選集，1968-2002》（臺北：麥田出版社，2003），頁 16。

[2] 李永平，《海東青：臺北的一則寓言》，二版（臺北：聯合文學出版社，2006），頁 608, 744。以下引自《海東青》的文字僅在引文後附加頁碼，不另加註。

過。這是一個「朔風淒迷，海東三月春雨只管滴瀝不停」的夜晚（659），十來位多半仍在壯年，分屬文學院不同系所的教授，由中文系丁旭輪教授邀集在學校對面歸州路蓬壺海鮮火鍋店喝春酒，這一夜正好是「陰曆二月十二日百花誕辰，花朝月夕」（674）。他們吃火鍋，品女兒紅，同座還有一位外文系教授靳五帶來的國中女學生張泍。

　　這一章甚長，共有一百二十頁，卻未見情節有何關鍵性的發展，只見教授們在爐火燄燄、湯霧瀰漫中，又煙又酒，語言混雜，汪洋恣肆，即使在十四歲半的小女生面前，眾人也是百無禁忌，很能展現王德威所說的「文字奇觀」。這批已「在這座狗不拉屎的鯤島呆了三十年」（684）的學界菁英長於詩詞歌賦，出口每每措詞拗峭，用典奇僻。他們在杯觥交錯之際，不僅月旦天下人物，道人是非，話題更不時沉浸於女性肉體或床第之趣。他們談旗袍，談和服，談情婦，談日本電影，談日本女明星。他們對日本電影工業的了解尤其超乎尋常，以小見大，可以反映他們對戰後日本事物的熟悉。在言談恣意之間，他們也抽考張泍這位國中女學生的歷史知識。歷史系謝香鏡教授就這樣與張泍對答：

　　……「三月十八號！小妹子，那天在咱們中國現代史上發生甚麼大事啊？老師有沒有講過？」

　　「南京大屠殺。」

　　「胡猜！」謝教授撐撐張泍的小指尖，睖了她兩眼：「三一八慘案！五月三號呢？」

　　「嘻！南京大屠殺。」

「小妹子愛瞎掰！五三濟南慘案。」

「對不起。」

「唔，十二月十三號？」

「南京大屠殺。」

「這回，小妹子猜著了。」

「民國二十六年十二月十三號？」

「對！隆冬天，日軍第六師團進城展開六個星期的屠

殺。」（699-700）

這一席問答的重點當然是中國近代史上的幾個重大悲劇：三一八慘案、五三慘案及南京大屠殺。依事發年代順序提到這些悲劇顯然意在勾起在座學界菁英的集體記憶，而這些記憶又直接間接牽涉到日本無可迴避的角色。這場歷史教授與國中生之間的問答看似單純，卻也充分體現了記憶與創傷，以及記憶與歷史的微妙關係。這場問答雖屬輕描淡寫，實則是在為小說這一章另一個更重要的場景預作伏筆。

　　就在眾人酒酣耳熱的時候，火鍋餐廳門口來了一輛金碧輝煌的巴士，「綻響著喇叭招颭著車身張掛的一幅白幡」，緊接著，「腥風血雨，四五十條小腰桿子痀瘻著鞠躬答禮魚貫進了店門」（707）。進來的四、五十位老人是日本老兵觀光團。那遊覽車身張掛的白幡上面寫著九個斗大的紅漆大字：「三八式步兵銃同好會」：

「三八式步兵銃嗎？」廖森郎教授磕磕菸斗，望了望堂

中那團日本觀光客：「這玩藝兒又借屍還魂來了！直到二次

世界大戰結束三八式步槍是日本陸軍主要武器，明治三十八

> 年出廠，故叫三八式，聽家父說，它的象徵意義相當於武士
> 刀之於傳統武士——這個三八式步兵銃同好會，顧名思義，
> 應是專門收集三八式步槍的日本人組織的同樂會，或者聯誼
> 會。(711)

外文系廖森郎教授是本省人，他的日本經驗有別於同座某幾位教授，可是他對太平洋戰爭時日本陸軍的武器卻瞭若指掌，他甚至將這個三八式步兵銃上溯明治時代。顯然，三八式步兵銃是明治現代性，乃至於百年中、日關係糾葛的象徵——這步兵銃既是兩次中、日戰爭裡日本陸軍的主要武器，因此具體而微地召喚著雙方截然不同的戰爭記憶與歷史想像。這兩次戰爭當然更將大陸、日本、臺灣三方推向不同的歷史進程。

　　儘管戰爭多半是以悲劇收場，戰爭卻也是許多民族集體記憶的重要構成部分。廖森郎教授認為「三八式步兵銃同好會」是「專門收集三八式步槍的日本人組織的同樂會」，可知這批日本老兵觀光客獨鍾這種步槍並非事出偶然，這樣的組織在李永平小說的敘事脈絡中當然有其象徵意義。這些日本老兵藉著三八式步兵銃所緬懷的顯然是日本軍國主義的光榮歲月，如今光榮不再，老兵也已經年華老去，只能以同好會的名義，大喇喇以觀光之名，招搖地組團重臨前殖民地，廖森郎教授指這批老兵觀光客讓「這玩藝兒又借屍還魂來了」，正是這個意思。三八步兵銃投射著日本的近代戰爭歷史，為這些老兵喚回全然不同的戰爭記憶。

　　《海東青》這一章的高潮與這些論證有關。接著幾位教授高談闊論：旗袍與和服之間如何有別，穿和服如何「需要一個瘦不露骨

兼平滑光潔的背部」，麥克阿瑟麾下的美國大兵如何「向東瀛小女子輸誠」，又如何「枉我們打了八年抗戰」（732-33）。正當「春火廳廳，闔座遮住嘴洞剔起牙來」（733）之際，隔鄰那三桌日本老兵開始其具有象徵性意義的類軍事行動：

> 店堂中，三桌日本白頭觀光客西裝革履團團蝦腰恭坐圓鐵凳上，五六打啤酒落了肚，臉青脖子紅，緊繃住腮幫喢嘡唪喋正在興頭上，忽然，擱下筷子沒了聲息，一個個挺直起了腰桿子來。堂心日光燈下，碧燐燐三爐瓦斯火蒸騰著三口魚蝦火鍋，風中，蕭蕭起四五十顱花髮。……湯霧迷漫中，滿堂心登時竄伸出了條條胳臂，捋起西裝袖口，捏起枯黃拳頭，一板一眼揮舞著擂向心口，泣聲起，四五十條蒼冷嗓子哽咽著嘎啞引吭高歌起皇軍戰歌來——君為代呢，千代呢，八千代呢——蕭蕭白頭昂揚爐火朔風中。……歌聲中，淚眼婆娑，三個日本老人打開旅行袋捧出一卷泛黃的白絹布，攤開了，滿堂心團團招兩招，魚貫，蝦腰，邁出皮鞋輪呢媽先輪呢媽先一路鞠躬致歉，穿梭過十來桌圍爐夜談的海大師生，來到後牆下，噙住淚水，擦了擦眼角，問一桌工學院男生借張鐵凳，顫巍巍攀爬到凳上，把白絹布掛到牆頭，整整身上那套藏青法式雙排釦春西裝，三個兒排排立正，敬禮，張起爪子拍兩推合十頂禮哈腰，朝白絹布淚盈盈拜了三拜。
>
> 日光燈下，血跡斑斕。
>
> 祈　支那派遣軍第六師團
>
> 武運久長　　　　（733-34）

　　在火鍋的湯霧繚繞中，日本老兵的儀式性動作看似悲壯，實則時地不宜，尤其集體高唱皇軍戰歌，不免令人側目。他們的祭儀無疑具現了他們在意識形態上冥頑不靈的軍國主義，時間彷彿靜止，他們再次回到皇軍鐵蹄蹂躪亞洲大地的年代。換句話說，這群老兵完全無視於餐廳裡其他人的反應——這些人極可能是日本軍國主義直接或間接的受害者——，忘我地企圖為軍國主義招魂。最能體現軍國主義幽靈的當然是那塊題有師團名字與「武運久長」祈願詞的白絹布，而最令人觸目心驚的正是燈光下絹布上的「血跡斑斕」。[3]這也說明了這批三八式步兵銃同好會的成員其實曾經在「支那派遣軍第六師團」服役，而且是當年南京屠城的主力部隊，其祈願白絹布上所沾的血跡正是殺戮與暴力留下的印記。[4]

---

[3] 在《海東青》之後的《朱鴒漫遊仙境》中，「支那派遣軍第六師團」再度出現。朱鴒與其同學在中正紀念堂見到一批老年日本觀光客，同學之一的連明心向大家解釋：「這群日本老頭子是『支那派遣軍第六師團』的老兵！領隊手裡拿的那幅白緞旗子，就是他們的軍旗。妳們看，旗子上面用黑線繡著『祈武運久長』五個大字，那是他們當年行軍的口號。整幅旗子沾著一蕊一蕊的人血，看起來就像滿樹櫻花。……支那派遣軍第六師團就是赫赫有名的南京屠城部隊，一口氣殺了三十萬中國人。這一群老頭子，莫看他們個子矮小、彎腰駝背的，當年都參加過南京大屠殺呢。」見李永平，《朱鴒漫遊仙境》，二版（臺北：聯合文學出版社，2010），頁305-06。

[4] 《海東青》這一章所指涉的戰爭記憶無疑是南京大屠殺，不過這不是唯一一次提到這場歷史慘劇的地方，如第二部〈冬，蓬萊海市〉第六章〈迢迢〉，寫朱鴒在北門火車站前珠海時報大廈頂樓看到電動新聞字幕報導日本國會議員石原慎太郎堅決否認南京大屠殺一事：「一向反共、反北平政權、親中華民國的日本國會議員石原慎太郎，接受十月號美國《花花公子》雜誌專訪，竟然否認南京

　　不過在這樣的場合召喚軍國主義也坐實了整個儀式的反諷與荒謬：莊嚴的誓師儀式竟然淪落到只能在人聲吵雜的火鍋店舉行，難怪這些老兵要「淚眼婆娑」，除了行禮如儀之外，恐怕也只能徒呼奈何。[5] 這些日本老兵的戰爭記憶與鄰桌幾位教授的顯然大不相同。老兵藉由祭儀追憶軍國主義逝去的榮光，而對鄰座的教授而言，這些榮光所代表的卻是創傷與恥辱，是國仇家恨，只不過他們對整個場面的反應卻僅止於言詞上的冷嘲熱諷而已。歷史系教授謝香鏡的

大屠殺。花花公子雜誌問：美國固然在日本投下原子彈殺死許多日本人，但是日本過去的所作所為，難道就不算殘酷嗎？中日戰爭期間發生駭人聽聞的大屠殺慘案，你又作何解釋？石原慎太郎答：手槍和機關槍那能跟原子彈相提並論！我們日本人做了什麼？那裡有大屠殺？花花公子雜誌問：只舉一個例子，一九三七年十二月十三日的南京大屠殺，起碼有十萬人慘遭日軍殺害。石原慎太郎答：大家都說是日本人幹的，事實不然，那是中國人捏造出來的謊言，蓄意要誣衊日本的形象，根本沒這回事！……」（312）。

[5] 《海東青》裡日本老兵「淚眼婆娑」這一幕讓我想起依藤（汪開競）的《彼南劫灰錄》。彼南者，即今日馬來西亞的檳城，日據時易名彼南。此書出版時距太平洋戰爭結束不久，作者為檳城鍾靈中學教師，書中所敘為太平洋戰爭期間日軍佔領下檳城居民的生活點滴與精神狀態。其中一章敘述戰敗前夕日本佔領軍高級文官的怪異行徑：「彼南街道上，不時可以看到各式各樣的日本人。那些衣冠楚楚，儀表不俗的東洋佬，也喜歡到五盞燈『共榮圈』裡去宵夜。有時候到了深夜，人家預備收檔了，三四個東洋佬翩然光臨；看他們的打扮，分明是高級文官。他們坐在椅上，叫了幾色菜，自己帶得酒來，默不作聲地盡情痛喝。……這些東洋佬竟一句話也不說，祇是拼命飲酒，飲到一半，有的忽然縱聲痛哭，有的則怒髮衝冠，不住揮拳擊桌，如此鬧了一陣子，菜也吃完了，酒也喝光了，然後各人拖着疲乏的腳，一步一蹶的離開了食物攤。」見依藤，《彼南劫灰錄》，鍾靈叢書第二種（檳城：鍾靈中學，1957），頁 141-42。

評論主要針對絹布上的祈願詞：「這十四個字寫得張牙舞爪，充滿戾氣」（735）。田終術教授斥責這些日本老兵為「目無餘子」（742）；丁旭輪教授則抱怨：「淫啼浪哭，大庭廣眾吵得人心裡發毛」（742）；而何嘉魚教授也有類似的怨言：「這些日本老先生鬧酒鬧得太過分，不成體統了」（758）。眼看著火鍋店老闆娘跟著她家男人對那些撒嬌起鬨的日本老兵鞠躬陪笑，丁旭輪教授也忍不住感歎：「咱們兄弟之邦的韓國人管日治時代叫倭政時期——倭，中國史書上的倭人、倭奴、倭寇嘛———同樣讓日本人統治了幾十年，韓國比起這幫海東人要有志氣多了」（746）。一口香港國語的外文系教授何嘉魚則把矛頭指向自己人，他以鄙夷的語氣痛斥同僚但知對日本女明星品頭論足：

> 「……年年十二月十三號，南京大屠殺紀念日，香港同胞都舉行哀悼遊行，跑到日本領事館門口抗議！……你們在這個三民主義的模範省、中華文化的復興基地，四十年來，每年十二月十三日，請問你們這些國人酒足飯飽大脫日本女星衣服之餘，紀念過南京大屠殺三十萬死難同胞嗎？」（765）

何嘉魚教授這一番話義正詞嚴，不過也說明「避秦鯤島」數十年後，情勢丕變，即使創傷未癒，記憶業已日漸模糊。這裡也可以看出李永平創作上所身陷的困境與矛盾，他一方面刻意虛構化《海東青》的敘事空間，如以鯤島、海東、歸州路、艾森豪路等地名與路名掩飾小說的真實空間背景，賈雨村言，虛張聲勢，彷彿要將真事隱去；另一方面卻又強調《海東青》說的是「臺北的一則寓言」，而且在敘事過程中還不時指涉真實的歷史事件；一如現實中臺北的某些路名意在複製大陸的民國記憶，《海東青》的整個敘事就是在時假

時真、時虛時實的過程中匍匐推進。

　　尤其在《海東青》這一章裡，李永平以淒風苦雨的春夜為背景，以湯霧裊裊的火鍋店為舞台，搬演一齣虛妄而又時代錯誤的荒謬劇，議題集中，其批判性不言而喻。他讓日本老兵慎重其事地藉由祭儀為軍國主義招魂，卻反諷地勾喚起許多人有關南京大屠殺的戰爭記憶——對某些人而言，這些記憶恐怕早已化作歷史教科書上的日期，或者以考題的形式存在。李永平的用心不難理解：他一方面不假辭色，痛詆軍國主義陰魂不散，甚至借屍還魂；另一方面則痛心讀書人沉湎淫逸，但知口舌是非，渾然忘卻歷史的教訓。對他而言，歷史的鬼魅揮之不去，在關鍵的時刻仍會以不同的形式還魂現身。

二

　　在《朱鴒漫遊仙境》之後，李永平開始構思他後來稱之為月河三部曲的系列小說，[6] 第一部就是二〇〇二年推出的《雨雪霏霏：婆羅洲童年記事》。在〈寫在《雨雪霏霏》（修訂版）卷前〉一文中，李永平這樣回顧他的創作生涯：「在創作上，我先寫婆羅洲故事，接著寫臺灣經驗，完成五本小說後——包括被看成一部天書的五十萬字《海東青：臺北的一則寓言》——彷彿神差鬼使般，身不由己地

---

[6] 「月河三部曲」是李永平對我說的，最早並未見諸文字，他有時稱之為「婆羅洲三部曲」，有時又作「李永平大河三部曲」。這三部曲包括《雨雪霏霏》、《大河盡頭》（上、下），及《朱鴒書》。

又回頭來寫婆羅洲。在外迢迢四十多年，兜了偌大一個圈子，在心靈和寫作上，我這個老遊子終於回到原鄉：我出生、成長的那座南海大島。」[7]《雨雪霏霏》讓李永平從臺灣重新連結上他的故鄉婆羅洲，用他的話說，這是「某種神秘、堅韌、如同一條臍帶般永恆的連結」。[8]

　　《雨雪霏霏》由九篇「追憶」的文字集結而成，在形式上是一部短篇小說集，不過視之為一部長篇也無不可。這些「追憶」的敘事者屬同一人——已經成為壯年教授的敘事者對國小女學生朱鴒回憶他的童年往事。跟《海東青》與《朱鴒漫遊仙境》一樣，《雨雪霏霏》所採用的也是插曲式的情節結構。李永平將他的三部曲稱作「晚年懺情錄」，[9]《雨雪霏霏》中的每一則「追憶」確實都是名符其實的懺情錄，因為「追憶」中所敘述的正是敘事者「心中最深傷疤的一則則童年故事，和故事中一個個受傷的女子，就如同一群飄蕩不散的陰魂，只管徘徊縈繞我腦子裡」。[10]在《雨雪霏霏》的九篇故事中，最緊密連結臺灣與婆羅洲的是終篇的〈望鄉〉；而在這則「追憶」中讓臺灣與婆羅洲產生關係的則是日本：這則故事涉及日本殖民臺灣的歷史與日本南侵的戰爭記憶。敘事者這樣告訴朱鴒：「每次看見

[7] 李永平，〈寫在《雨雪霏霏》（修訂版）卷前〉，收於《雨雪霏霏》，全新修訂版（臺北：麥田出版社，2003），頁13。
[8] 李永平，〈河流之語——《雨雪霏霏》大陸版序〉，收於《雨雪霏霏》，全新修訂版（臺北：麥田出版社，2003），頁31。
[9] 李永平，〈寫在《雨雪霏霏》（修訂版）卷前〉，頁16。
[10] 李永平，〈河流之語——《雨雪霏霏》大陸版序〉，頁31。

臺灣芒花，我就會想到婆羅洲臺灣寮的故事，心中一酸，思念起那三個一身飄零、流寓南島的奇女子」。[11]

這篇「追憶」取名〈望鄉〉顯然受到同名電影的啟發。電影《望鄉》由田中絹代主演，敘述太平洋戰爭前一群日本女人被浪人誘拐到英屬北婆羅洲山打根當妓女的故事。李永平的〈望鄉〉部分情節與電影的故事類似，說的也是女性受騙的故事，只不過背景換成了太平洋戰爭期間與戰後，而敘事者所說的三個奇女子都是臺灣人。其中一位名叫月鸞。敘事者這麼回憶月鸞的遭遇：

> 十六歲那年夏天，地方上有位紳士忽然帶著兩個身穿白西裝、頭戴黃草帽的日本浪人，搭乘吉普車，來到她家田莊，自稱是什麼「拓植會社」的幹部，替皇軍召募隨軍看護到南洋軍醫院上班。……月鸞和村裡六個夢想當護士的姑娘出發囉，興沖沖喜孜孜，搭火車到高雄港，跟兩百多個來自其他鄉村的女孩子會合，搭上運兵船，隨同日本陸軍第一百二十四聯隊，……飄洋過海來到了英屬渤泥島。日本人講的渤泥，就是中國人說的婆羅洲。……登陸後，十五位姑娘被分派到古晉皇軍慰安所工作。那是城中一棟巨大的洋樓，上下兩層，底層用木板分隔成幾十個兩蓆大的小房間，裡頭啥都沒有，只擺一張挺堅固的雙人木床。每個房間住一個姑娘，日夜接待皇軍，從事慰安工作。……古晉慰安所的那群服務生，各

---

[11] 李永平，《雨雪霏霏》，全新修訂版（臺北：麥田出版社，2003），頁211。以下引自《雨雪霏霏》的文字僅在引文後附加頁碼，不另加註。

　　　色人種的女子都有：朝鮮人、荷蘭人、菲律賓人、英國人……
　　（240-41）

這段敘述耳熟能詳，說明當年皇軍招募慰安婦的大致經過。這段話
當然也喚起日本殖民臺灣與佔領婆羅洲的歷史記憶。身為被殖民者，
臺灣姑娘就這樣在半哄半騙之下別親離家，遠渡重洋，到一個完全
陌生的地方充當皇軍的洩慾工具，在太平洋戰爭中被迫扮演她們從
未料想過的角色。她們的遭遇構成太平洋戰爭另一個版本的戰爭記
憶，她們的故事至今尚未結束，而她們的戰爭經歷更是有待妥善清
理。[12] 顯然，李永平有意藉她們的故事寄託他的後殖民的人道批判：
這些女人的悲慘命運全然是軍國主義意志下毫無選擇的結果。〈望
鄉〉的敘事者大概不會想到，太平洋戰爭結束數十年後，歷史的鬼
魅依然杳杳幢幢，他竟然在月鶯的故鄉追憶滯留南洋的她和她那群
姊妹的悲苦命運。

　　月鶯與其姊妹的悲慘命運並未因日本戰敗而結束。當被俘的英
軍又以殖民主之姿重返古晉時，他們立即關閉慰安所，把皇軍和慰
安婦遣返日本或她們的家鄉。月鶯並未返回臺灣，原因讓人心酸：
她的「子宮破爛，永遠不會生孩子了，沒臉回家見阿爸阿母和鄉親
們」（245）。更要命的是，月鶯的臂膀被皇軍黥上了一個「慰」字，

---

[12] 有關臺灣慰安婦的研究可參考婦女救援基金會，《臺灣慰安婦報告》（臺北：
臺灣婦女救援基金會，1999）與朱德蘭，《臺灣慰安婦》（臺北：五南圖書，2009）。
有關慰安婦的較新著作可參考 Yuki Tanaka, *Japan's Comfort Women: Sexual Slavery
and Prostitution During World War II and the US Occupation* (London and New York:
Routledge, 2013)。

「這個刺青一輩子留存在姑娘們身上，永遠洗刷不掉」（245）。這個
恥辱的印記當然也是另一種形式的戰爭記憶，她們有家卻歸不得，
注定必須無奈地繼續她們的離散命運，想起老家時也只能哼唱〈月
夜愁〉與〈雨夜花〉等臺語歌曲。至於這些歌曲的流傳，其實也與戰
爭有關。敘事者指出：「聽南洋老一輩的華僑說，第二次世界大戰日
本進軍南洋群島，把一些臺灣歌謠改編成日語來唱，其中幾首變成
皇軍的軍歌，除了月夜愁，還有雨夜花」（224）。

　　戰後月鸞與林投姐、菊子姑娘——她的另外兩個同病相憐的姊
妹——只能留在砂勞越的古晉，以她們的積蓄買下城外鐵道旁樹林
中的一間白色小鐵皮屋，由於當地人都知道她們來自臺灣，因此管
這間小鐵皮屋叫臺灣寮，她們也只能繼續靠出賣靈肉為生。小城民
風淳樸保守，臺灣寮竟因此變成當地一景，尤其成為一些老男人慾
望窺伺的所在。這些老人「拖著他們那鬼魅般瘦佝佝、黑魆魆的一
條條身影，慢慢遛達到臺灣寮」；而在臺灣寮裡，「偶爾你瞥見一條
蒼白人影在窗口晃漾，晚風中髮絲飄颺，夕陽斜照下幽靈似地一閃
即逝……」（228）。這樣的描述正好襯托出戰後的世界一時是如何鬼
影杳然、幽暗難明。這個世界到了李永平下一部小說《大河盡頭》
的下卷《山》中更形具體。

　　敘事者跟老人一樣，為臺灣寮所迷惑，「那三個肌膚皎白、來歷
不明的女子……就像奧德賽史詩中那群美豔的海上女妖，一聲聲召
喚，蠱惑七歲的我，誘引我一步一步身不由主抖簌簌走進她們的世
界」（229）。他甚至每天中午下課後帶著飯盒到小鐵皮屋用餐，喝著
她們為他準備的味噌湯。久而久之，街坊鄰里竟傳言他是那三位「來

路不明的壞女人合養的私生子」（251）。眼見母親因此而傷心落淚，這位年僅七歲的小學生在情急之下，向警方告發這幾位善意待他的女人與人通姦。最後三姊妹就以「非法賣淫」的罪名，各被判入獄兩年六個月。「只是月鸞阿姨出獄後，人就變得有點癡呆，看到馬來人就咧嘴嘻笑，像個傻大姊」（253）。

〈望鄉〉之為懺情錄不難理解，此之所以敘事者日後一聽到臺語老歌，「心頭那塊舊瘡疤就會驟然撕裂，潛潛流下鮮血來」（254）。不過李永平想要訴說的顯然不會只是讓敘事者終生懊惱的懺情錄而已，〈望鄉〉更大的計畫是在追溯臺灣女子月鸞與其姊妹悲慘命運的根源——這個根源指向日本的殖民統治，以及其後軍國主義者所發動的侵略戰爭。臺灣成為皇軍南進的重要踏板與後勤補給站，包括為皇軍供應慰安婦。她們的命運就像歷史洪流中的無根浮草，只能在不斷的衝激中浮沉漂流。〈望鄉〉裡因此充滿了一聲聲沉痛的控訴，李永平其實是要為這些因戰爭而不幸流落南洋的臺灣女子討取公道，為她們清理日漸蒙塵的戰爭記憶，再一次讓世人了解她們所蒙受的屈辱。

三

李永平分別在二〇〇八年與二〇一〇年出版月河三部曲的第二部《大河盡頭》（上、下卷）。《雨雪霏霏》中的敘事者已經告別童年，成長為十五歲的少年永。《大河盡頭》所敘述的是少年永在十五歲那年夏天，到西婆羅洲的坤甸探望他所謂的洋人姑媽克莉絲汀娜・馬

利亞‧房龍，而意外地開展了一趟詭譎、奇特的大河之旅的經過。此時在《雨雪霏霏》為朱鴒講述故事的壯年教授已經移居花蓮奇萊山下，任教於東華大學，而且事隔三年，朱鴒也已經在新店溪「黑水潭底幽錮三年」，敘事者對朱鴒呼告，向她招魂，要跟她述說那一年他的溯河之旅。他在《大河盡頭（上卷）：溯流》的〈序曲：花東縱谷〉中，這樣告訴朱鴒說：「就在克莉絲汀娜‧房龍小姐帶領下，我跟隨一群陌生的白人男女，乘坐達雅克人的長舟，沿著卡布雅斯河一路逆流而上，穿透層層雨林，航行一千一百公里進入婆羅洲心臟。大夥哼嗨唉呦，推著船，闖過一攤又一攤怪石密布水花飛濺的漩渦急流，直抵大河盡頭的石頭山，峇都帝坂。那時我真的不知道，甚至抵達終點時也沒察覺……這趟航程究竟代表什麼意義，在大河盡頭我又會找到什麼東西，發現什麼人生秘密。」[13]

　　這一趟溯河之旅發生在那一年的八月，也就是陰曆的七月，因此也是鬼月之旅。李永平為《大河盡頭（下卷）：山》寫了一篇長序〈問朱鴒：緣是何物？——大河之旅，中途寄語〉，其中有一段文字描述這趟旅程與他筆下之旅之間的親和關係：「成堆成捆的鬼月叢林意象，決堤般，衝著我洶湧而來，有如婆羅洲深山中眾鳥嘵喋群獸喧嘩，登時充塞我一腦子，競相鼓譟，央求我發慈悲心，用我的筆超渡它們，將它們蛻化成一個個永恆、晶亮的方塊字，讓它們投生在我膝頭鋪著的原稿紙上，那棋盤樣的三百個格子中，從此一了百

---

[13] 李永平，《大河盡頭（上卷）：溯流》（臺北：麥田出版社，2008），頁 32-33。

了」。[14]在這段文字裡，寫作猶如祭祀，如同做法事超渡亡靈，更何況溯流之旅的種種遭遇發生在鬼月，用敘事者的話說，婆羅洲雨林是「滿山燐火睒睒，四處飄竄出沒的山魈樹妖和日軍亡魂」(35)。

關於日軍亡魂的現身經過，《大河盡頭（下卷）：山》八月八日這一天有詳細的記載。《大河盡頭》上、下卷記錄溯河之旅日期全部採用陰曆，唯獨這一章用的是陽曆。一九四五年八月六日與九日，美國分別在廣島與長崎投下原子彈，十五日日皇裕仁宣布日本帝國無條件投降，日本政府於九月二日簽署《降伏文書》，大東亞戰爭正式結束。因此在日本現代史上，八月無疑是個意義非比尋常的月份。敘事者借用古晉聖保祿小學校長龐征鴻神父的話說，「八月是日本人最悲慘的季節」。他想起小學畢業到叢林健行時，龐神父告訴他們的話：「陽曆八月正逢陰曆七月，鬼月，鬼門大開，二戰皇軍亡魂揮舞武士刀蠢擁而出，四處飄蕩叢林，遊走婆羅洲各大河流域，探訪每一個伊班部落，在長屋正堂大梁懸吊的一簍一簍髑髏中，尋找他們失落的頭顱。」[15]

八月八日這一天，少年永的大河旅程因一場突如其來的赤道暴雨而中斷，克絲婷（即克莉絲汀娜・馬利亞・房龍）與他折返普勞・普勞村，投宿在一家松園旅館。這家旅館「原本是二戰日本軍官俱樂部，有個風雅的名字叫『二本松別莊』，當年乃是婆羅洲內陸一個

---

[14]　李永平，〈問朱鴒：緣是何物？——大河之旅，中途寄語〉，見《大河盡頭（下卷）：山》（臺北：麥田出版社，2010），頁35。

[15]　李永平，《大河盡頭（下卷）：山》（臺北：麥田出版社，2010），頁243。以下引自《大河盡頭（下卷）：山》的文字僅在引文後附加頁碼，不另加註。

豔名遠播，極風流，極羅曼蒂克，夜夜燈紅酒綠笙歌不輟的所在」
（239）。當年俱樂部取名二本松別莊是因為其中央庭院內栽種著兩
棵日本松。這兩棵老松「猥猥崽崽縮頭縮腦，倒像一對傴僂著枯瘦
身子踽踽在市町一隅，瞇眼偷看路過女人的東瀛老翁」；又像「一
雙……孿生老兄弟，分頭佇立庭院的東西兩端，笑咪咪相對打躬作
揖」（240）。這樣的描述對比強烈，無論如何，這兩棵老松經敘事者
擬人化之後，整個旅館的日本庭園也因此增添了不少幽秘、詭異的
氣氛。

　　午後的松園旅館／二本松別莊空寂無人，少年永身著白底藍花
和式浴袍，百無聊賴，於是取出航程中肯雅族獵頭勇士彭古魯·伊
波贈與他的一把日本短刀來把玩鑑賞。刀上刻有四個宋體漢字：秘
刀信國。據說這是太平洋戰爭結束時彭古魯·伊波自一位日本軍官
身上取得之物。他炫耀說：「此刀是我的戰利品」（245）。永仔細端詳
這把呎許長的日本古刀，他發現，「刀刃兩面各鑴有一道溝槽（術語
叫血溝），映著庭院中的天光和水光，碧燐燐閃爍著一蓬子硃砂似的
血色」（246）。可見這把短刀曾經見血。就在邊把玩短刀，邊冥想的
當兒，少年永著魔般神馳物外，「不知不覺就端正起坐姿，掀開浴袍
襟口，雙手握刀，闔上眼睛猛一咬牙便舉刀往自己左腹刺下」（248）。
此時忽聞一聲「八嘎」，永才驚醒過來，四周圍卻空無人影，他只聽
到「客舍幽深處傳出三味線清雅的絃聲。有個女人在彈三絃琴，咿
咿唔唔，夢囈似地唱著一支淒涼、渾厚、古老的扶桑曲」（249）。緊
接著，我們看到李永平的怪談筆法，繪聲繪影，狀寫恍神中的少年
永如何經歷松園旅館／二本松別莊的悲歡歲月：

我身披東洋浴袍腰插日本短刀，悠悠晃晃，獨自浪遊在這座
大和迷宮，探頭探腦，走過一間間紙門緊閉，屋中影影簇簇，
好似聚集著一群賓客的榻榻米廂房。愛愛，腳下的回音越來
越清晰、嘹亮。霎時間我好像聽見幾十、幾百雙軍靴聲，從
甬道兩旁各個房間中一齊綻起，四面八方雜雜沓沓，混響成
一片，彷彿一群奉命出征的軍人，赴死前夕，悲壯地聚集在
二本松別莊皇軍軍官俱樂部，飲讌歌舞狂歡達旦。（250）

　　這段文字波譎雲詭，似幻似真，為我們找回松園旅館／二本松
別莊的戰時記憶。這些皇軍軍官死未安息，魂牽夢縈，彷彿世事未
了，心有未甘，尚且懸念著當年的征戰歲月。他們的三魂七魄顯然
尚待安頓，而在讌飲狂歡中仍不免潛伏著腥風血雨，這是李永平的
怪談筆法饒富批判性的地方。

　　少年永後來在空蕩蕩的大廳發現一排屏風，上面畫著日本史上
有名的「源平壇之浦合戰」全景圖，[16]頂頭橫梁上懸掛著一塊巨匾，
上題「二本松芳苑」五個大字，「筆走龍蛇，雷霆萬鈞中挾著一股令
人冷澈骨髓的肅殺之氣」（251），落款竟是令英軍喪膽的日本南征大
將、被稱為「馬來亞之虎」的山下奉文。屏風前刀架上有一把武士
刀，刀身上以變體小篆鐫刻著「妖刀村正」四個古字。永轉身背向

---

[16]　壇之浦為今日山口縣關市周邊之海域，而壇之浦合戰指的是平安末期源氏與
平家兩大家族最後的決戰，時在一一八五年四月二十五日。小泉八雲有一則怪
談講無耳芳一和尚的遭遇，主要寫壇之浦合戰後平家悉數犧牲的亡魂在壇之浦
海域及其沿海一帶飄蕩流竄的故事。請參考小泉八雲著，王憶雲譯，《小泉八雲
怪談》（臺北：聯合文學出版社，2015），頁 21-32。

屏風，跪坐地板上，並且抽刀出鞘。此時他驀然「覺得心旌搖蕩，魂
飛冥冥，整個人陷入恍惚迷離的狀態中」（253）。房舍外雷聲轟隆，
暴雨大作，他彷如神魔附身，恍然只見「無數飄蕩叢林中的無頭日
軍亡魂，這會兒，紛紛趕回二本松別莊避雨。袍澤故友，三五成群，
重聚在大廳周遭各個榻榻米房間，敘舊，打探家鄉消息。不知誰帶
著，幾百條剛硬的嗓子驀地一齊放悲聲，嘶啞地、呢呢喃喃哽哽噎
噎地，唱起了軍歌來」（253）。儘管風雨交加，可是當時畢竟是白晝
天光，無頭日軍亡魂照樣選在這鬼月重返二本松別莊。倏忽間，永
看見廳堂門口有一條影子閃過，然後悄沒聲響地佇立在他跟前五呎
之處：

> 無頭影子。胸膛上方兩片紅色領章中間，突兀地聳出一株光
> 禿頭脖。頗魁梧結實的一條軀幹，胸膛鼓鼓，光鮮地穿著一
> 件赭黃色皇軍將佐制服，肩上三朵梅花，熠亮熠亮。莫非他
> 就是這把刀的主人村正大佐，當年，終戰時，在這間廳堂中
> 使用短刀自裁。當他整肅儀容，跪坐在地板上，伸長脖子傾
> 身向前準備取刀切腹之際，被站在他身後擔當「介錯」（斬
> 首人）的部屬，猛一揮長刀，砍下頭顱。如今，多年後不知
> 因何緣由，他拖著無頭的身軀，冒著叢林大雨回到二本松別
> 莊。莫不是前來尋找他失蹤的首級？（254）

不僅如此，那群身穿皇軍制服的無頭影子似乎跟定了永。「只見幾百
株蒼白的無頭頸脖，一根根，春筍似的，從那濕淋淋不住滴答的一
堆米黃軍服中，倏地冒出來，窸窣窸窣不住聳動，霎時，擠滿二本
松別莊整條空蕩蕩的長廊」（258）。

　　這些在暴雨中回到老巢的日軍亡魂最後因一尊白衣飄飄的觀世音菩薩像而終告隱去。故事雖然仍有發展，但是無頭亡魂現身的情節寓意已經相當清楚。這些亡魂都是因日本戰敗而切腹殉國，戰後二十年來，亡魂在婆羅洲內陸叢林中飄飄蕩蕩，尋找自己的頭顱，怨念深積，陰魂不散，死後猶不得安寧。八月八日這一天適逢鬼月，叢林雷雨交加，亡靈在村正國信大佐引領之下，回到當年眾多袍澤把酒歡聚的二本松別莊，悲聲高唱軍歌。李永平當然不會滿足於書寫一則驚心動魄的鬼故事而已。這些流落異鄉的亡靈雖然為國犧牲，然而似乎心有未甘，尋尋覓覓，卻未見有人為他們安靈。亡魂現身，彷如被壓抑者的復返（the return of the repressed），要喚醒被壓制的戰爭記憶，有人希望別再提起，敘事者——或者小說家李永平——偏偏要提起，這裡其實隱含記憶的政治。召喚記憶，清理記憶，目的在拒絕遺忘，在安頓過去，為過去尋找適當的位置。歷史的鬼魅晃蕩明滅，假如未妥為安魂，這些鬼魅會不時魂兮歸來，蠱惑人心。這些亡魂的故事提醒我們誠實地面對歷史的重要性。

四

　　本文討論了李永平幾部小說中的戰爭記憶，這些記憶涉及日本侵華戰爭或太平洋戰爭，不論是南京大屠殺、慰安婦，或者無頭皇軍軍官的遭遇，這些記憶無疑都與日本軍國主義有關。李永平對軍國主義的批判其理自明。這些慘劇不論發生在受害者或是加害者身上，都是人類的悲劇。此外這些慘劇牽連甚廣，在空間上連接了日

本、中國、臺灣及南洋，波及大部分的亞洲地區；而在時間上，從戰時到戰後，綿延數十年，許多歷史問題至今尚未獲得解決。

　　李永平的終極關懷其實也是歷史問題。他以其獨特的角度，調動文字，一再召喚漸被蒙塵的戰爭記憶，逼迫世人不可忘記，要為戰爭中的冤靈招魂，為那些受屈辱者申冤，抗議。他透過小說讓歷史的鬼魅一再降臨，竟意外地以文學處理了歷史迄今尚未解決的問題。

　　　　　　　　——二○一五年四月二日初稿；二○一五年七月三十日修訂

† 本文最初發表於「何謂『戰後』？——亞洲的『1945』年及其之後」國際研討會（日本名古屋：愛知大學，二○一五年四月十一日至十二日），經修訂後收入謝政諭、松岡正子、廖炳惠、黃英哲編，《何謂「戰後」？——亞洲的「1945」年及其之後》（臺北：允晨文化實業股份有限公司，二○一五年），頁 233-52。日譯〈歴史の中の亡霊——李永平の小説に見る戦争の記憶〉，加納光譯，刊於《リーラー「遊」》，第九期（二○一五年十一月十日）：380-404。

三年八個月：
重讀依藤的《彼南劫灰錄》

一

　　依藤（汪開競）的《彼南劫灰錄》初刊於一九五七年九月，距日本戰敗已有十二年，就在這一年的八月三十一日，馬來亞宣布獨立建國。在《彼南劫灰錄》出版五十週年時，我寫了一篇敘議並兼的〈《彼南劫灰錄》五十年後〉，其中有一段文字，對全書內容有概括的說明，可以作為本文討論的基礎。這段文字稍長，現在抄錄如下：

　　　　《彼南劫灰錄》一書除趙爾謙和蕭遙天的序言與作者的
　　　　〈後記〉外，共收敘事散文四十四篇，時間自日本向英美宣戰，
　　　　拉開太平洋戰爭的序幕始，而以廣島與長崎被炸後日本投降
　　　　終，這四十四篇散文各有關懷，整體視之則構成了一部蒙難實
　　　　錄，記載了檳城居民——尤其是華人——在日據期間所遭到

的屠殺、酷刑、侮辱等苦難，他們所身陷的悲慘世界也正好反映了日本法西斯侵略者的殘暴不仁。從這個角度來看，《彼南劫灰錄》可說是一本抗議的書——抗議這三年八個月期間日本法西斯主義者慘無人道的燒殺掠奪。從登陸前不分青紅皂白的狂炸亂射，到幾次肅清行動的濫捕濫殺，到監獄中鞭笞、灌水、炮烙等各種令人髮指的惡刑，到「勤勞奉仕隊」的勞力剝削與精神迫害，日本侵略者的整個統治可說完全建立在恐怖主義上，只知威嚇壓榨，無能生產與建設，居民的生活不僅全面倒退，到了日據末期，整個檳島甚至瀕臨破產，彷彿發動太平洋戰爭的目的只是為了燒殺搜刮，而無長治久安的打算。……日據三年八個月，財產損失，身心的創傷不說，依《彼南劫灰錄》一書的估計，光被濫炸屠殺的居民至少在一萬至一萬五千人之間，雖然數字不能和南京大屠殺的三十萬人或新加坡（日據時改名「昭南」）的六萬人同日而語，但也已經是當時檳城人口的百分之五左右。[1]

　　自一九四一年十二月二十五日至一九四五年八月十五日，日本佔領檳城共計三年八個月，而「彼南」正是日本帝國主義者為檳城所取的名字。新的名字象徵着新的統治權力，實質統治檳城一百五十多年的英國殖民主在日本軍機數日轟炸之後，竟然未經正面交戰

---

[1]　李有成，〈《彼南劫灰錄》五十年後〉，見《荒文野字》（廣州：廣東人民出版社，2016），頁 71-72；另見《詩的回憶及其他》（八打靈再也：有人出版社，2016），頁 18-19。

即倉皇撤退，甚至留下不少糧食與器械。依藤在收於《彼南劫灰錄》的〈天堂地獄〉一文中這麼指出：「一個不敢令人置信的謠言到底逐漸證明為事實：駐軍在神不知鬼不覺中撤走了。接着是行政人員捲起鋪蓋，都是晚上偷偷溜走了；兩天以後，島上已難得見一個『白皮』，雖說仍有幾個不願馬上離開」。[2] 日本軍機於十二月十一日上午十時左右開始空襲檳城，英軍於十二月十七日撤走，日軍則於十二月二十五日進駐檳城，從空襲到佔領中間剛好相隔兩個星期。[3]

　　太平洋戰爭結束至今已有七十年，此時重讀《彼南劫灰錄》，更可以看出此書的重要歷史意義。過去數十年不乏有關太平洋期間日軍佔領馬來亞與新加坡的著作，不過《彼南劫灰錄》極可能是這些著作中最早的一部。依藤此書出版時距日本戰敗不久，作者對日據時期記憶猶新，書中所敘多屬其親身耳聞目睹的觀察與紀錄，這些紀實散文所敘各節無不以事實為基礎，因此《彼南劫灰錄》也可被視為檳城淪陷期間親歷者的真實證言。無疑這是一部記憶的書。

　　《彼南劫灰錄》在結集成書前曾以「光明圈外」的欄目在《南

---

[2] 依藤，《彼南劫灰錄》，鍾靈叢書第二種（檳城：鍾靈中學，1957），頁 18-19。

[3] 杜暉另有一說，他指出，「十九日這一天，日軍二百餘人正式開入檳城佔領。」見杜暉，《三年八個月》（新加坡：真善美出版〔私人〕有限公司，1975），頁 97。這兩百餘日本士兵應該是日軍的先遣部隊。另外蕭依釗在訪談李炯才時特別提到，「1941 年 12 月 19 日，日軍侵入檳榔嶼時，走在前面的幾個士兵扛着國民黨旗。據說這幾個走在前面的是臺灣人，會說華語。日軍之所以這麼做，是想愚弄民眾，要他們相信國民黨支持日軍打這場戰。」見蕭依釗主編，《走過日據：121 倖存者的泣血記憶》（八打靈再也：星洲日報，2014），頁 60。

洋商報‧商餘》版刊出。作者在〈後記〉中表示：「我認為遺憾的，就是這本書假使在日本投降後立即問世，則正當星馬人民飽經憂患之餘，也許會在一般人心目中留下更深刻的印象。而今世界政治局勢已有鉅大轉變，在檳城各大商行裡，東洋貨琳瑯滿目，人們也似乎早已忘掉了『彼南時代』的一切慘痛經驗，那麼，本書之出版，或許要貼『多此一舉』之譏吧」？[4]作者所謂的「世界政治局勢已有鉅大轉變」指的應該是一九五〇年前後中國大陸易幟與朝鮮戰爭，剛剛戰敗不久的日本竟意外地搖身一變，與美國結成盟邦，成為美國冷戰部署的重要灘頭堡，扮演圍堵共產集團對外擴張的要角，日本也因此獲得喘息與復甦的機會。世事難料，作者的慨歎其來有自，而《彼南劫灰錄》的寫作目的顯然是為了在多變的世界中留住「彼南時代」的悲慘記憶；在作者看來，這些記憶已為各大商行中的日系產品所取代，人們似乎早已遺忘日本軍國主義鐵蹄造成的禍害。由這個角度審視，《彼南劫灰錄》不僅是一部記憶的書，更是一部拒絕遺忘的書。

我在《記憶》一書中曾經以李永平的小說〈望鄉〉為例，[5]將記憶視為「某種形式的行動主義（activism）」；在我看來，「召喚記憶是為了拒絕遺忘，或者抵拒閻連科所說的失記，抗議扭曲或泯除過去，

---

[4] 依藤，《彼南劫灰錄》，頁 191。

[5] 〈望鄉〉一文見李永平，《雨雪霏霏：婆羅洲的童年記事》，全新修訂版（臺北：麥田出版社，2003），頁 210-54，敘述的是太平洋戰爭期間，臺灣少女如何在半哄半騙之下，遠渡重洋，被招募到婆羅洲充當慰安婦，成為日本皇軍洩慾工具的經過。

目的在糾錯導正，追求公義，讓受污衊的可以抬頭挺胸，讓受屈辱的可以獲得安慰，藉此重建人的尊嚴，並盡可能還原歷史的本來面目」。[6]依閻連科的說法，失記指的是「對現實與歷史有選擇的拋去和留存」，甚至還包括「今天對記憶的新創造」，其用意在「讓新一代的孩子們，成為記憶的植物人」。[7]閻連科進一步表示：

> 失記不是所有人的病症和意志特徵，而是國家管理的策略和社會制度的一種必然。其最有效的途徑，就是在意識形態中實行禁言的政策和方法；通過權力的控制，割斷一切可能延續記憶的管道，如史書、教材、文學和一切文藝的表現與表演……這不是哪個國家的獨創和獨有，世界上凡是獨裁、集權的國家，或某一集權的歷史階段，無不是採用這種繩索、鐐銬對語言的壓迫，從而使那些記憶良好的知識分子們，首先沉默和失記，漸次地再在集權所統治、禁囚的時間中，把失記擴展到民間、基層和百姓的生活裡。當下一代一無所知後，這種強制性失記就大功告成了。歷史就被完美地重新改寫了。[8]

重讀依藤的《彼南劫灰錄》，閻連科的失記概念實具有明顯的啟發意義。閻連科視失記為「獨裁、集權的國家」控制與改造人民記憶的「政策與方法」，其實失記也可能發生在採民主制度的國家。以

---

[6] 李有成，《記憶》（臺北：允晨文化實業股份有限公司，2016），頁16。

[7] 閻連科，《沉默與喘息：我所經歷的中國與文學》（臺北：印刻文學生活雜誌出版有限公司，2014），頁11。

[8] 閻連科，《沉默與喘息》，頁14-15。

馬來西亞的情形而論，蕭依釗就曾經這麼指出：「日本當局竄改歷史教科書來掩飾日軍在二戰中的暴行固然令人不齒，但馬來西亞官方的歷史教科書竟也對日軍的侵略輕描淡寫，對日軍滅絕人性的罪行更是隻字不提。」她憂心表示，「由於撰寫本國歷史者對某些政治勢力的妥協，對日據時期的歷史事實進行顛來倒去的修訂或刻意扭曲，以致年輕一代完全不清楚那段日軍鐵蹄蹂躪下血跡斑斑的歷史」。[9]蕭依釗所謂的「某些政治勢力」指的應該是馬來人統治集團。這個集團自馬來（西）亞建國以來即宰制國家政權，厲行馬來人至上的種族政策，集團中某些分子的先人在日據時期頗有一些不堪的事跡，避談日據時期的歷史應該可以理解。依藤在《彼南劫灰錄》的〈新貴人〉一章中特意提到馬來人在日軍治下的待遇：「講到馬來人，在最初一年的日人統治下，着實沾了不少光。日本人把他們當『同志』。……他們對於新主人的一切措施，似乎都覺得新鮮。事實上，日本人在若干地方，的確故示寬容，讓他們高興高興。那些走不掉的馬來亞各州貴族，表面上和日本人也搞得蠻鬧熱的」。[10]另外在書末題為〈光明何處？〉一章中，依藤語帶揶揄地稱馬來人為「土老兒」，暗示這些「土老兒」其實是太平洋戰爭最後的受益者：「因為他們得天獨厚，說來說去到底是『土老兒』，要奈何也奈何不得。或許他們反得感謝『東洋佬』：沒有東洋佬來一記『殺手鐧』，東南亞一塊大陸上正不知還有多少人在那裡沉沉酣睡；這一記殺手鐧雖把

---

[9] 蕭依釗，〈序一：歷史，不會泯滅〉，見《走過日據》，頁5。

[10] 依藤，《彼南劫灰錄》，頁53-54。

東洋佬自己打得昏昏沉沉，而酣睡的人卻反而大夢初醒了」。[11]依藤的意思是，太平洋戰爭雖然讓日本瀕臨亡國，卻也喚醒了馬來人爭取獨立建國的美夢。

馬來西亞官方教科書之所以對日據時期諱莫如深顯然另有原因。當年真正武裝抗日的無疑是華人佔大多數的馬來亞共產黨，倘若據實敘述日據三年八個月的歷史，又無法略過馬共的抗日活動，對馬來人統治階級而言，這是件相當難堪的事。官方敘事基本上是否定馬共的反殖反帝的歷史事實的，避談日據時期正好可以避免碰觸馬共在馬來（西）亞歷史進程中的尷尬角色。別說教科書，二〇〇六年華人社會有意豎立抗日紀念碑，此議立即引發統治集團的指責與反對，他們認為向抗日紀念碑致敬即意味着紀念馬共，反對者包括當時的內閣新聞部長再努丁邁丁（Zainuddin Maidin）與森美蘭州州務大臣莫哈末哈山（Mohamad Hasan）。其背後的反對邏輯與教科書現象如出一轍。這是勝利的一方不敢立碑紀念的一個極端怪異的例子。

閻連科的失記概念也適用於日本歷史教科書爭議的問題，即面對侵華戰爭與太平洋戰爭——日本官方所謂的「十五年戰爭」——時思想史家子安宣邦所說的「重提‧再敘述」的問題。子安宣邦批評日本官方以「重提‧再敘述」之名，行「隱蔽、藏匿」之實，目的在「修正、改寫」國家的歷史。他說：「對於教科書的表達、用語要求加以『修正、改寫』，……這雖然是一種國家行為，卻一直被隱蔽

---

[11]　依藤，《彼南劫灰錄》，頁189。

起來。通過這種隱蔽、藏匿，國家當事者不僅欺騙他人，也欺騙了自己。隱蔽、藏匿把對過去的『重提・再敘述』轉換成了要求『修正、改寫』其表達、用語」。[12]

　　對於日本官方要求對歷史教科書的「重提・再敘述」何以會是「修正、改寫」的行為，子安宣邦以一個簡單的例子加以說明：

> 　　通過檢定要求歷史教科書之記述的「修正、改寫」，很明顯乃是作為過去的國家行為之戰爭在要求「重提・再敘述」。那麼，通過對敘述的「改寫」怎樣來謀求過去的「再敘述」呢？教科書檢定官再三要求從始於滿洲事變到太平洋戰爭所謂日本「十五年戰爭」中，有關在亞洲的戰爭行為以及這一過程的記述，要刪除「野蠻的」這一修飾語。以「野蠻的」修飾語來觀察戰爭的歷史學家的視角，其立場乃是要對動了無法正當化的戰爭行為和導致悲慘的戰爭的誘導者進行彈劾並追求其責任的。[13]

不論是馬來西亞或是日本，官方在面對教科書如何處理太平洋戰爭的歷史事件時，竟然不謀而同地訴諸閻連科所說的失記。如果失記的策略得逞，真相會被遮蔽，事實會被扭曲，是非真假難明；從這個角度看，《彼南劫灰錄》不僅保存了戰爭記憶，同時也迫使後來者反思戰爭所帶來的災禍苦難。

---

[12] 子安宣邦，《東亞論——日本現代思想批判》，趙京華譯（長春：吉林人民出版社，2011），頁224-25。
[13] 子安宣邦，《東亞論》，頁228。

二

子安宣邦在論「重提・再敘述」事件時，曾經談到日本歷史教科書檢定官對歷史學家以「野蠻的」之類的修飾語描述所謂的「十五年戰爭」大表不滿。若就《彼南劫灰錄》而論，書中所述除為日據三年八個月檳城居民的日常生活與精神狀態外，還包括了日本統治者種種倒行逆施的乖張作為與殘暴行徑，史書筆法，血淚斑斑，「野蠻的」之類的修辭實不足以描述檳城居民所蒙受的身心創傷於萬一。日本軍方以君臨之姿，敲骨吸髓，燒殺搜刮，無所不用其極，其種種暴行簡直罄竹難書。這也讓《彼南劫灰錄》諸篇章節構成一部創傷敘事。

《彼南劫灰錄》的記述偏重集體記憶，因此書中鮮少談到個人遭遇，依藤所在意的顯然也以集體創傷為主。這樣的事例全書所見多是。譬如書一開頭的〈天堂地獄〉一章寫日本軍機的狂炸濫射，三言兩語，道盡日本軍國主義者的殘暴不仁，讀來令人瞠目結舌：

> 原來我們這個美麗的城市，自經過日本飛機接連數天的濫炸後，全市已空無一人，到處只見斷垣殘壁，白天固然荒涼得怕人，一到晚上，那一種陰森森的景象，就不啻是鬼世界一樣。日本飛機，卻不分皂白的濫炸。因為市區根本不是軍事險要，又無防空設備。當第一個炸彈擲下後，市民們瘋狂地沿馬路奔逃，頭上的日本機師就對準了他們以機關槍掃射；日本飛機飛得很低，所以被機關槍掃射致死的人比直接被炸彈炸死的人要多好幾倍。……那些被炸死及被機槍擊死的屍

體，東一個，西一個歪倒在路上；有的人身體還好端端，頭卻不知去向；有的人臂膀和腿飛散開來，血肉模糊，幾隻野狗在扯着啃嚼。一個汽車夫前身伏在車上，一片炸彈碎片把他半個天靈蓋削掉了。至於房子倒下，連人帶屋埋葬在內的更不知有多少。據非正式的估計，第一天出其不意的轟炸結果，約有一二千人死於非命，這數目並不算是誇大。[14]

這段敘述具體而翔實，彷如戰爭電影畫面，尤其若干近鏡特寫，其殘酷嗜血遠超過一般人的想像。那些遇難者盡是手無寸鐵的無辜市民。越南裔美國學者與小說家阮越清（Viet Thanh Nguyen）在其新著《永不消逝：越南與戰爭記憶》（*Nothing Ever Dies: Vietnam and the Memory of War*）中曾經以他者或非我族類的概念討論戰爭中空軍轟炸的問題。他的討論對象是我們所熟知的美軍。他說：「我們可以經由我們看待轟炸的途徑衡量我們被教導了解他者的程度。我們想要投下多少炸彈？哪種類型的炸彈？投在哪裡？投在誰身上？美國之所以可能毫無區別地、大規模地轟炸東南亞，那是因為美國人早已認定東南亞的住民並不是人，或者不足為人」。[15]從美國的越南戰爭到晚近的阿富汗戰爭與伊拉克戰爭，阮越清的指控其實不乏事證。六十年前依藤筆下的日本軍機對檳城無辜居民的狂炸濫射，何嘗不是出於同一心理？駕着軍機的日本士兵如同參與狩獵活動，在他們

---

[14] 依藤，《彼南劫灰錄》，頁 10。

[15] Viet Thanh Nguyen, *Nothing Ever Dies: Vietnam and the Memory of War* (Cambridge, MA: Harvard Univ. Pr., 2016), p. 276.

看來，那些在街頭觀望或逃跑的檳城市民充其量只是他們的獵物而已，借用阮越清的話說，這些市民「並不是人，或者不足為人」。這種濫殺無辜的情形是全然否定他者或非我族類的存在意義。

　　從這一點看來，日本軍機慘無人道的瘋狂屠殺也見證了巴特勒（Judith Butler）所說的「去真實化暴力」（the violence of derealization）。巴特勒的說法背後隱然可見的是某種殘酷無情的假設，即某些生命是真實的，某些則未必。依她的說法，「在某個意義上，那些不真實的生命就已經受到去真實化暴力的傷害」。[16]據巴特勒的推論，所謂「不真實的生命」（unreal lives）即「不可活的生命」（unlivable lives），因此不值得悲傷（ungrievable）。去真實化表示「某些生命不被承認為生命，他們無法被人性化，他們無法擺進人的主要框架裡，……他們首先被非人性化，然後引發身體暴力，這種暴力在某個意義上傳達了去人性化的信息，這樣的信息早已潛藏在此文化當中」。[17]

　　《彼南劫灰錄》的敘述為巴特勒「去真實化暴力」的論證提供了真實的事例。這樣的實例在依藤書中所見多是。因此從某個角度看，《彼南劫灰錄》是一部充斥著暴力的書。在〈彼南的黑日〉一章裡特別談到肅清行動，此行動目的在搜捕反日分子與共產黨人，在這些行動中，這種去真實化暴力的現象至為明顯。依藤指出，「皇軍做了彼南主人，彼南人民在他們眼中祇是比豬狗略為高等一點（？）的動物，何況凡被皇軍捉進去的人，他們一概認作壞蛋，他們並不

---

[16] Judith Butler, *Undoing Gender* (London and New York: Routledge, 2004), p. 33.

[17] Butler, *Undoing Gender*, p. 34.

以人的資格來審問這些被捕者，所以日本憲兵部裡最新式的刑罰
——如灌水，炮烙等，就一件一件搬出來應用」。[18]據依藤的觀察，
檳城市民在皇軍眼中只比「豬狗略為高等一點」，因此無須「以人的
資格」相待。這不也正是阮越清在批判美軍空炸時所說的，這些受
難者在某些人心目中「並不是人，或者不足為人」嗎？

　　日據期間皇軍還有籌組所謂勤勞奉仕隊的計畫，此計畫也是令
人聞虎變色。第一批勤勞奉仕隊被派到蘇門答臘，結果當然是有去
無回。在〈勤勞奉仕隊〉一章中，依藤寫道：

> 　　到了第三年開始，皇軍又大舉抽丁，這一次是被派往暹
> 羅去，建築那條有名的所謂「死亡鐵路」。據最近報紙所載，
> 日人為建造這條鐵路，曾動員大隊英澳軍俘虜，但星馬一帶
> 被強迫前去的華人也不在少數。南洋商報商餘副刊還曾刊載
> 過一篇九死一生者的報告，我相信每一個讀過那篇報告的讀
> 者，對於日本人那種慘無人性的行為，絕不會加以寬恕。可
> 是就當時言，誰人不幸被抽去，誰人秘密失蹤，卻都諱莫如
> 深。總之，凡被遣送到蘇門答臘或暹羅去的，大抵「凶多吉
> 少」，他們之中，很少有生還的希望。[19]

這段文字看似輕描淡寫，雖未見灌水、炮烙等酷刑，卻處處可見日
軍令人髮指的暴行，以及暴行下的死亡陰影。有時候暴行所造成的
創傷過於巨大或深沉，以致於難以具體敘述，或者細加刻劃，因此

---

[18] 依藤，《彼南劫灰錄》，頁 65。
[19] 依藤，《彼南劫灰錄》，頁 75。

也可能造成依藤此處所說的「諱莫如深」。齊澤克（Slavoj Žižek）論創傷時有一句名言曰：「創傷的本質恰好是創傷過於恐怖而無法讓人記住，無法納入我們的象徵性世界中」。[20]經過了幾個世代，今天重讀依藤的《彼南劫灰錄》，齊澤克所說的「過於恐怖」的創傷仍然像鬼魅般那樣飄然若現，無法獲得慰藉，甚至尚待安魂。晚近蕭依釗所編的《走過日據》是個明證，甚至二〇一六年國立中山大學人文中心所舉辦的「三年八個月：太平洋戰爭與馬來西亞文學國際研討會」也可被視為追念這些創傷的另一個儀式。更重要的是《彼南劫灰錄》書中所提供的種種事證，這些事證更構成了新馬華人後代對日據時期的後記憶（postmemory）的材料與基礎。[21]

上文說過，《彼南劫灰錄》記錄的是以集體創傷為主，對個人的遭遇幾乎隻字未提。尤其在國家拒絕保留這些創傷記憶的情形之下，

---

[20] Slavoj Žižek, *For They Know Not What They Do: Enjoyment as a Political Factor* (London: Verso, 1991), p. 272.

[21] 有關後記憶的討論，請參考賀琦（Marianne Hirsch）的說法，「『後記憶』是在描述『後面世代』與前面世代的關係，這些關係涉及前面世代個人的、集體的及文化的創傷——他們只能藉由他們成長的過程中所耳聞目睹的故事、影像及行為來『記住』這些經驗。只不過這些經驗是如此深沉、如此動人地傳遞到他們身上，最後似乎成為他們自身的記憶。因此後記憶與過去的連結其實並非經由回憶的中介，而是經由想像、投射與創作。……不管是如何間接，後記憶將由造成創傷的片段事件所形塑，而這些事件尚有待敘事重建，並且超乎理解之外。這些事件發生在過去，其效應卻延續到現在。我相信這就是後記憶的結構與其形成的過程」。見 Marianne Hirsch, *The Generation of Postmemory: Writing and Visual Culture After the Holocaust* (New York: Columbia Univ. Pr., 2012), p. 5.

像《彼南劫灰錄》這樣的個人書寫就變成了非常重要的悼念儀式。依藤的書寫雖然著眼於集體創傷，但是他的書寫也讓我們了解到這些集體生命其實是可悲傷的（grievable）——悲傷是回應苦難生命的方式之一。我曾在《他者》一書中提到，「悲傷是要我們省思，傷悼，並體認生命的脆危與軟弱」。[22]巴特勒也曾就悲傷的概念更進一步表示，悲傷所展現的，是我們與他者的關係，我們既為這些關係所役，也未必能夠清楚重述或解釋這些關係。[23]《彼南劫灰錄》中的集體生命固然無名無姓，悲傷卻讓我們與這些生命遙相建立關係。我們因悲傷而傷悼，正如《彼南劫灰錄》的作者在〈後記〉中所說的，「死去的人不可復活，但活着的人應知所警惕」，[24]傷悼不僅是要見證事件的發生，更要提醒我們在往前邁進時知所警惕。

——二〇一六年九月七日於臺北

† 本文初稿原題〈創傷敘事與傷悼：重讀依藤的《彼南劫灰錄》〉，發表於「三年八個月：太平洋戰爭與馬來西亞文學」國際學術研討會（臺灣國立中山大學人文中心，二〇一六年九月九日至十日），為研討會之主題演講。

---

[22] 李有成，《他者》（臺北：允晨文化實業股份有限公司，2012），頁86。

[23] Butler, *Undoing Gender*, p. 13.

[24] 依藤，《彼南劫灰錄》，頁192。

《婆羅洲之子》：
少年李永平的國族寓言

人啊，還是要落葉歸根，我的根在婆羅洲這塊土地上。

——李永平

一

　　《婆羅洲之子》是李永平近半個世紀前創作的一部中篇小說。四十餘年後在接受伍燕翎和施慧敏的訪談時，他曾經約略提到這部小說的寫作始末。他說：

> 高三那年，砂拉越有個「婆羅洲文化出版局」（是英國人留下來的好東西）為了促進文化的發展，特別成立一個單位，專門出版婆羅洲作家的書，語言不限，華巫英都行，每年有個比賽，獎金非常高。當時我想出國念書，家裡窮，父親說，我只能給你一千馬幣，以後就不給你寄錢了。所以，我大概

　　用了一個學期，寫中篇小說，叫《婆羅洲之子》，獲得第一
　　名，但我人已經在臺灣念書了，他們就把獎金寄給我，剛好
　　正是我最窮的時候。[1]

其時李永平正在國立臺灣大學外國語文學系念書，生活困窘，「第一
年還好，還有錢吃飯，第二年就不行了，所以，為了賺生活費，我很
早就翻譯，當家教，還好獎金寄過來了，不然就慘了，靠着那筆錢，
我過了一年」。[2]

　　《婆羅洲之子》應該寫於一九六五年左右，也就是李永平就讀
古晉中華第一中學高中三那年。李永平就以這部小說參加婆羅洲文
化局（Borneo Literature Bureau）所主辦的第三屆（一九六六年）文學
創作比賽，獲獎後小說由主辦單位婆羅洲文化局出版，時在一九六
八年，也就是李永平負笈台灣的第二年。就如李永平所說的，婆羅
洲文化局確實是英國的殖民產物。依林開忠的說法，「殖民政府於一
九五九年設立婆羅洲文化局，並得到當時英國的慈善家那費特（Lord
Nuffield）的基金會以及砂勝越與北婆羅洲（即後來的沙巴）政府的
資助。成立婆羅洲文化局的目的有兩個，一是『提供適合當地的英
文、馬來文、華文與其他婆羅洲語言的文學作品』；另一個是『經營

---

[1] 伍燕翎、施慧敏，〈浪遊者——李永平訪談錄〉，《星洲日報‧文藝春秋》，2009
年 3 月 14 日與 21 日。Sarawak 有不同中文譯名，如砂拉越、砂勝越、沙勞越
等，除引文時尊重原作者譯法外，本文一律依馬來西亞觀光局官方網站的譯法
作砂勞越。

[2] 伍燕翎、施慧敏，〈浪遊者——李永平訪談錄〉。

一個規模宏大的販售書籍之組織並得以庫存大量的文學作品』」。[3]
這樣的機構在成立之初當然不免有其自身的文化政治，但在婆羅洲
文化局開始主辦文學獎的一九六五年，砂勞越已經脫離英國的殖民
統治，被納為新成立的馬來西亞的一州。新政府雖然延續舊制，保
留了殖民時期所設立的婆羅洲文化局，但是可想而知，其法定任務
與文化政治則未必一如殖民統治時代。

　　林開忠在其論文中談到上個世紀五〇、六〇年代砂勞越共產黨
的鬥爭活動，他認為「這樣的一段歷史似乎很難從李永平的作品中
展現出來」。當時作家的另一種選擇則是「支持殖民政府的決策，他
雖然保住了最基本的生命安全，但卻可能淪落為殖民政府文化宣傳
工具的不幸命運」。他進一步指出，「《婆羅洲之子》在砂勝越那樣的
政治情境裡，只能是後一種的命運，但我們很難說這是作者本身選
擇的，它可能為殖民政府所利用，這在那樣的情況底下是很可以理
解的，這或許正是對兩難的掙扎下作者找到最後可以將情感抒發的
主題」。[4]

　　暫且不談作家是否只能有非左即右的兩個選擇，林開忠為《婆
羅洲之子》所作的定位其實大有問題，顯然未必符合歷史事實，在
時間上其論證尤其難以成立。馬來西亞成立於一九六三年，英國對

<hr>

[3] 林開忠，〈「異族」的再現？：從李永平的《婆羅洲之子》與《拉子婦》談起〉，
張錦忠編，《重寫馬華文學史論文集》（埔里：國立暨南國際大學東南亞研究中
心，2004），頁 93-94。

[4] 林開忠，〈「異族」的再現？：從李永平的《婆羅洲之子》與《拉子婦》談起〉，
頁 96。

砂勞越的殖民統治宣告結束，砂勞越已是新興國家的一員，在政治上等於進入後殖民時期；換句話說，李永平在一九六五年寫作《婆羅洲之子》時已經不發生要不要「支持殖民政府的問題」，因此他既無須陷入「兩難的掙扎」，更不必擔心他的小說「可能為殖民政府所利用」。

李永平對北婆羅洲（沙巴與砂勞越）加入馬來西亞一向頗有微辭。他在接受伍燕翎和施慧敏訪談時即這樣坦承：「我不喜歡馬來西亞，那是大英帝國，夥同馬來半島的政客炮製出來的一個國家，目的就是為了對抗印尼，唸高中的時候，我莫名其妙從大英帝國的子民，變成馬來西亞的公民，心裡很不好受，很多怨憤」。[5] 在這之前李永平還接受詹閔旭的訪談，他在訪談中把心裡的嫌惡說得更為清楚：

> 我心目中的鄉土是婆羅洲，也許不是馬來西亞。馬來西亞橫跨馬來半島和婆羅洲北部，我生長的地方是北婆羅洲，那時是英國殖民地，叫沙勞越，我大概念高中十七歲的時候，馬來西亞聯邦成立了，那個國家是英國人把馬來半島的馬來亞，跟北婆羅洲的英國殖民地，沙勞越跟沙巴，把它結合起來弄個聯邦。事實上當時沙勞越的居民，包括華人，包括原住民都反對成立這個聯邦，因為這意味着馬來人主導整個政治。[6]

---

[5]　伍燕翎、施慧敏，〈浪遊者──李永平訪談錄〉。

[6]　詹閔旭，〈大河的旅程：李永平談小說〉，《印刻文學生活誌》（2008 年 6 月），

《婆羅洲之子》既不在為英國殖民者服務，也無意為新成立的馬來西亞搖旗吶喊，少年李永平所在乎的顯然是婆羅洲那塊土地，也就是《婆羅洲之子》中達雅老人拉達伊所說的「被白種人管的」土地，可是卻也是尚未遭受馬來西亞的種族政治污染的土地。我認為李永平在小說獲獎後所發表的感言反而相當誠懇而實在地表達了他的寫作目的：

> 作者認為他只有一點生活經驗，並對於達雅民族的認識不夠全面和深入。所以，他恐怕《婆羅洲之子》不是一篇成熟的作品。但從他開始學習寫作時起，他就希望能為他們寫一點東西。因此他大膽地寫了這個發生在長屋的故事。希望大家分享他們的喜、樂和愛，分擔他們的哀、愁和恨。願大家也熱愛他們。[7]

二

我在文學作品中初識砂勞越的達雅族人是在讀了李永平的《拉子婦》之後。拉子即一般人對達雅族人的稱呼——達雅族人顯然對此稱呼很不認同，不僅如此，現在達雅族人多被稱為伊班人。不過遠在我讀小學的時候，我就知道在砂勞越有這麼一個種族叫拉子

頁175。

[7] 轉引自林開忠，〈「異族」的再現？：從李永平的《婆羅洲之子》與《拉子婦》談起〉，頁97。

——那時候馬來亞尚未獨立，當然更沒有馬來西亞這個國家，我也當然不知道拉子就是達雅族人。有一段時間父親從馬來半島飛到婆羅洲的砂勞越工作，通常隔幾個月會回家一趟，後來他和同行的友人在閒聊時經常會提到拉子這個用詞——有時採福建話（閩南語）發音 la'a，有時則以潮州話稱 la'kia，端看聊天的對象是誰。父親與其友人大概只是沿用砂勞越當地華人對達雅族人的稱呼，並不清楚這個稱呼是否隱含輕蔑或歧視。[8]後來上了中學，在地理課上讀到砂勞越的人口結構時，我才知道達雅族人——也就是一般人稱呼的拉子——與他們群居的著名長屋。

　　《婆羅洲之子》出版之初發行有限，五十年後的今天，坊間已無法看到這本小說；因此在這一節的討論中，我將以敘議相夾的方式分析這本小說的情節佈局，藉此透露小說的大致內容與主要關懷。簡單地說，這本小說所敘述的是一位達雅族青年發現自己身具華人血統的故事。就敘事過程而言，我同意張錦忠的看法，《婆羅洲之子》始於衝突，終於和解，是一部結構堪稱完整的小說。[9]小說的敘事與其結構彼此呼應，情節中的衝突引發種種失序，最後都逐一獲得化解，重歸秩序。寫作《婆羅洲之子》時的李永平尚未接受正式的文學教育，還是屬於他所說的「對文學懵懵懂懂，根本不懂得文學是

---

[8] 有關拉子稱呼的由來與含意，可以參考林開忠的討論。林開忠，〈「異族」的再現？：從李永平的《婆羅洲之子》與《拉子婦》談起〉，頁 101-04。

[9] 張錦忠，〈〈記憶與創傷〉與李永平小說裡的歷史——重讀《婆羅洲之子》與《拉子婦》〉，李永平與臺灣／馬華書寫：第二屆空間與文學國際學術研討會，2011 年 9 月 24 日。

什麼」的年齡，[10]不過初試啼聲之作已展露其擅於講述故事的潛力。

　　《婆羅洲之子》的故事始於達雅族人的獵槍祭典。青年大祿士受長屋屋長杜亞魯馬（Tua Rumah，即屋長之意）之命在祭典中擔任其助手。對大祿士而言，這是極為重要的生命禮儀（rite of passage），象徵他被接受成為達雅族成人社會的一員。小說的第一個衝突即發生在祭典啟始之時，大祿士被其女友阿瑪的父親利布揭穿身分。利布急躁地說：「大祿士不是我們的人，他是半個支那，他會激怒神的」。[11]這個衝突背後其實不只隱藏着大祿士的身分之謎，還指向大祿士的繼父魯幹的死亡秘密。用魯幹的弟弟干尼的話說，「長屋裡的人們一直把這件事當作秘密地保守着，只為着怕冤冤相報，對兩家都不好」。[12]原來殺害魯幹的正是利布。利布知道大祿士的生父是華人，就不斷勒索魯幹。干尼這樣對大祿士解釋：「你爸爸怕這龜子果然張揚出去，壞了你媽的名聲，也壞了你的將來，初時也只有忍氣和吞聲。後來被那龜子纏得厭了，便也不再去理會他」。[13]結果在一次狩獵時，可能發生爭執，魯幹遭到利布誤殺。不過利布也因此「被關了好幾年」。[14]

　　大祿士「半個支那」的身分一經暴露，他在長屋中的地位隨即

[10] 伍燕翎、施慧敏，〈浪遊者——李永平訪談錄〉。

[11] 李永平，《婆羅洲之子》（古晉：婆羅洲文化局，1968），頁8。新版《婆羅洲之子》已收入《婆羅洲之子與拉子婦》（臺北：麥田出版社，2018）一書。

[12] 李永平，《婆羅洲之子》，頁52。

[13] 李永平，《婆羅洲之子》，頁54。

[14] 李永平，《婆羅洲之子》，頁53。

一落千丈，不僅遭到集體排斥，噩運也因族人的偏見接踵而來。小說的第二個衝突發生在達雅婦女姑納帶着兩歲大的女兒被鎮上華人頭家的丈夫遣返長屋之後。大祿士代母親送些鹹魚與菜脯之類的食物給姑納，卻被謠傳與姑納之間有所謂「不明不白的事」。[15]在一個風雨之夜，大祿士突然聽到隔房姑納的尖叫，他衝到姑納的房裡，黑暗中有人衝了出去；正當大祿士詢問姑納事情的原委時，屋長杜亞魯馬剛好帶人進來，不由分說將大祿士綑綁起來。利布也趁機指控大祿士的不是。有人更指着姑納說：「妳被支那丟了，又跟半個支那相好」。[16]後來真相大白，闖入姑納房間企圖非禮她的其實是利布的兒子山峇。

小說的第三個衝突涉及山峇與另一位達雅青年卡都魯為一隊馬打（馬來語，指警察）和支那便衣所捕，因為兩人「竟打搶起走拉子屋的支那販子來」。[17]結果大祿士卻被誣為通風報信的人。按干尼的說法，「他們說具有半個支那才會做這種事情」。[18]不但利布因此低聲下氣，央求大祿士向警方否認他對山峇與卡都魯的指控，連杜亞魯馬也狠狠地斥責他「做得夠了」。[19]阿瑪更是對他無法諒解。

從小說情節逐步鋪陳的衝突可以看出，李永平在第一部小說中就知道如何經營小說的張力與戲劇效應。他把人物之間的衝突次第

---

[15]　李永平，《婆羅洲之子》，頁 45。

[16]　李永平，《婆羅洲之子》，頁 46。

[17]　李永平，《婆羅洲之子》，頁 57。

[18]　李永平，《婆羅洲之子》，頁 37。

[19]　李永平，《婆羅洲之子》，頁 62。

堆砌，到達高峰時再尋求解決。不過更值得注意的是這些衝突直接
或間接涉及的人物。放大來看，這些衝突所展現的不僅是大祿士因
血緣上的「半個支那」而陷入的生命困境而已；更重要的是，這些
衝突其實還界定了故事發生當時婆羅洲的種族關係──這才是少年
李永平想要處理的議題，同時也是小說《婆羅洲之子》的終極關懷。

這裡所說的「當時」，用達雅長者拉達伊的話說：「這個時候，
我們這個地方是被白種人管的」。[20]這是《婆羅洲之子》的整個敘事
背景，李永平顯然有意避開砂勞越加入馬來西亞成為聯邦一員的政
治現實，將小說的敘事時間拉回到英國殖民時期，讓白人統治階級
在小說中以隱無的存在（absent presence）介入並宰制婆羅洲的種族
關係與社會活動。

簡單言之，小說中的衝突無一例外都牽扯到達雅族人與其所謂
的支那人這兩個種族。小說中的離散華人固然不乏像在山裡救助過
拉達伊的善心支那阿伯，[21]或者吃不起頭家舖裡的米的貧困支那農
人，[22]或者遭到達雅青年搶劫的「走拉子屋的支那販子」；[23]可是小

---

[20] 李永平，《婆羅洲之子》，頁56。張錦忠認為拉達伊所說的「這個時候」是指
砂勞越被「白色拉惹」維納布洛克（Vyner Brooke）的家族統治期間或加入馬來
西亞之前的英國殖民時期。見張錦忠，〈〈記憶與創傷〉與李永平小說裡的歷史
──重讀《婆羅洲之子》與《拉子婦》〉。我偏向於認定「這個時候」指的是砂
勞越未成為馬來西亞一州前的英國殖民統治時期。

[21] 李永平，《婆羅洲之子》，頁34。

[22] 李永平，《婆羅洲之子》，頁43。

[23] 李永平，《婆羅洲之子》，頁57。

說中主宰或牽動敘事情節發展的卻是另一批離散華人。他們包括大
祿士那位拋妻棄子回到唐山的頭家生父、將姑納與女兒趕回長屋的
支那頭家，以及屬於殖民統治機器的支那「暗牌」（指便衣警探，為
新馬一帶通俗用語）等。我們不難看出，論社經地位，後面這一批
離散華人顯然遠高於小說中眾多的達雅族人。在殖民情境下雖然同
屬被殖民者，這批離散華人的處境明顯地較原住民的達雅族人者為
佳，在某種程度上還扮演了加害者、剝削者，或統治者代理人的角
色。身為婆羅洲原住民的達雅族人則淪為殖民狀態下受到雙重宰制
的弱勢者中的弱勢者。從這些事實可以看出其間種族與階級的糾葛
狀態。甚至「半個支那」的大祿士在賭氣時也這樣描述華人與達雅
族人之間的支配性關係：「支那拼命在刮達雅的錢，玩了達雅女人又
把她丟掉，留下可憐的半個支那給達雅人出幾口鳥氣……」。[24]小說
中扮演負面角色的山峇一再以警句提醒其族人：「支那不好做朋友，
石頭不好做枕頭」，[25]語雖戲謔，而且不無充滿偏見，但也相當生動
地描述了在殖民狀態下婆羅洲的種族關係。

　　山峇對華人的警語也許出於長期與華人互動的經驗，卻也頗能
反映達雅族人對華人的刻板印象。刻板印象是種族論述中極為重要
的議題，是再現過程中的一種圍堵策略，也是種族論述中種族想像
（imaginaries）的一部分。刻板印象背後其實隱藏着一個欲蓋彌彰的
慾望：將某個種族刻板化、扁平化，在某些情況下甚至扭曲化，以

---

[24] 李永平，《婆羅洲之子》，頁 67。
[25] 李永平，《婆羅洲之子》，頁 25, 34。

達到將其圍堵或固定在某個再現空間裡，凸顯其危險性與威脅性，目的不外乎在謀求自身的安全。其實不論任何種族，以種族內部的複雜性與異質性而言，刻板印象只能說是種族偏見的產物，用今天流行的術語來說，是將種族他者化（othering）的結果，只見集體，而不見個體的存在。[26]

《婆羅洲之子》中山峇對華人的辭喻當然不能反映實情，不過也多少透露了在殖民情境下扭曲的或不平衡的種族關係。在處理這樣的種族關係時，在策略上李永平一方面訴諸去刻板印象化（de-stereotyping），不忘透過像拉達伊那樣的達雅長者強調華人中的善良形象；另一方面則在小說情節上極力突出達雅族人中為非作歹的少數人，藉以勾勒種族內部的複雜性與異質性，用意當然在斥責種族偏見之不當，並釐清種族關係中隱晦陰暗的層面。

從這個角度看，《婆羅洲之子》所敷演的不啻是李永平的種族論述。[27]這是一個抽離政治的或者未經政治介入的種族論述，既將殖民權力的可能分化排除在外，也未預見日後由馬來人霸權所界定的新的種族關係。換句話說，李永平似乎特意在政治的真空下規劃他的種族論述。他的種族論述最後以大祿士的啟示錄視境這樣展現：

> 我心裡一亮，眼前出現了一幅壯麗遼闊的土地的畫面，

---

[26] Michael Pickering, *Stereotyping: The Politics of Representation* (New York: Palgrave, 2001), pp. 47-48.

[27] 李永平的種族論述在後來的小說如《拉子婦》中仍繼續有所發揮。請參考張錦忠的看法。張錦忠，〈〈記憶與創傷〉與李永平小說裡的歷史——重讀《婆羅洲之子》與《拉子婦》〉。

> 那是我前些時從頭家的舖裡回來時，在路上的一個土坡上偶
> 然發現的。這塊土地上有支那、達雅也有巫來由。大家要像
> 姆丁所說的那樣：你不再叫我支那，我不再叫他巫來由，大
> 家生活在一起，那我們的土地該會多麼的壯麗。[28]

這個視境在小說結束時逐漸轉化為一種信念。在連串衝突獲得化解
之後，大祿士與阿瑪重歸舊好。換句話說，所有的失序重返秩序。
他們還進一步為未來的婆羅洲擘劃一個沒有種族的種族論述，舊有
的種族界線從此消融泯滅，取而代之的是一個叫「婆羅洲的子女」
的新興民族。這當然是李永平的種族論述的最後結論：

> 「阿瑪，以後沒有人再叫我半個支那了。」我愉快地說，
> 「我相信有一天，沒有人再說你是達雅，他是支那了。大家
> 都是在這塊土地上生活的。正如姆丁所說的。」
>
> 「姆丁這麼說過嗎？」阿瑪微微驚訝地偏過頭看我一
> 眼，然後領悟似地點頭說：「是的，我們都是婆羅洲的子
> 女。」[29]

三

　　小說結束前大祿士與阿瑪的對話為李永平的種族論述提供了一
個烏托邦式的國族想像。在此之前，大祿士身陷連串的衝突，達雅

[28] 李永平，《婆羅洲之子》，頁 67。引文中的「巫來由」指馬來人（Melayu）。
[29] 李永平，《婆羅洲之子》，頁 78-79。

族人的長屋社會也多次面臨失序狀態。衝突必須化解，失序必須恢復秩序；要解決這些衝突，重建這些秩序，李永平求助於大自然的災變，藉以排解個人乃至於社群內部的危機。張錦忠借用希臘悲劇的術語，稱李永平為小說情節解套的手法為「機器神」（deus ex machina）。[30]在大祿士被誣指向警方告發山峇和卡都魯之後不久，大自然突然有了回應，閃電與雷雨驟然大作，河水暴漲，山洪爆發。「污黃的洪水挾着巨嘯，澎湃洶湧地捲來。眼看家園被吞沒了，山頭上到處都是哭聲」。[31]在小說情節的脈絡裡，山洪當然有其象徵意義，其指涉就是上文所說的衝突與失序。不論大祿士或整個達雅族人的長屋社會，若能通過這場風雨和洪災的考驗，自然就會雨過天晴，光明在望。有趣的是，就在這場洪災中，姑納的支那頭家竟然划着舢舨到來。舢舨不幸翻覆，大祿士英勇地跳進洪水中救人。當大祿士救起支那頭家之後，「山頭上忽然響起了一片歡呼聲。大家圍了上來，彷彿忘了風和雨，熱烈地慰問和讚揚我們」。[32]

　　經過了這場生死患難，不僅一向剝削達雅族人的支那頭家要把船上的餅乾分贈給大家，連仇敵利布都跟大祿士自承「以前的都是誤會」，[33]甚至欣然同意其女兒阿瑪「以後跟着大祿士」。[34]此時「太

---

[30] 張錦忠，〈〈記憶與創傷〉與李永平小說裡的歷史——重讀《婆羅洲之子》與《拉子婦》〉。

[31] 李永平，《婆羅洲之子》，頁 69。

[32] 李永平，《婆羅洲之子》，頁 72。

[33] 李永平，《婆羅洲之子》，頁 76。

[34] 李永平，《婆羅洲之子》，頁 76。

陽從東方昇起。洪水開始退去」。[35]達雅人、支那人及半個支那人過去的種種恩怨情仇也都適時獲得撫慰與化解，種族之間的鴻溝形消於無，李永平所思構的顯然是一個沒有種族他者（racial others）的世界。此情此景的確令人動容，甚至小說的敘事者最後也忍不住跳出來，以超越種族類別的心情，將層次拉高到人類攜手互助的境界，並且激動地感性表示：「人類的溫情感動了每一個人的心」。[36]

創作《婆羅洲之子》時李永平只有十八歲，在他這部初履文壇之作中要求他處理盤根錯節的歷史問題與政治現實可能不盡公平。他既未深入釐清婆羅洲的種族問題與殖民歷史的關係，也未省思砂勞越在成為馬來西亞一員之後所必須面對的新的種族政治，反而在小說中一廂情願地刻意打造其心目中的婆羅洲國族。這個烏托邦式的未來願景顯然屬於非歷史性的（ahistorical）建構。這樣的建構正好可以讓我們將《婆羅洲之子》視為李永平的國族寓言（national allegory）。

國族寓言為詹明信（Fredric Jameson）的用語，且已廣為大家所耳熟能詳。詹明信認為，第三世界的文學必然是寓言的，應該被當作國族寓言來閱讀。詹明信當然不致於無知到不了解第三世界的複雜性，但他以為，第三世界國家大都經歷過類同的歷史經驗，也就是被殖民主義與帝國主義宰制的經驗。第一世界則是資本主義的世界，第二世界卻屬社會主義的陣營。詹明信的論文發表於一九八六

---

[35] 李永平，《婆羅洲之子》，頁 78。

[36] 李永平，《婆羅洲之子》，頁 72。

年，當然他未及見到蘇聯與東歐社會主義集團的瓦解。他又以自承過分簡化的方式將資本主義一分為二，也就是小我與大我的分裂，詩與政治的分裂，性和潛意識層面與政治、經濟、階級等公眾世界所構成的層面之間的分裂；也就是說，「佛洛依德對上馬克思」。第三世界文學即屬於後者。[37]

詹明信發表其第三世界文學的理論時，後殖民論述已在學院中廣為人知，他的理論引起了不少的迴響。最嚴厲的批評是來自印度的馬克思主義學者艾傑阿默（Aijaz Ahmad）。他原本就不贊成三個世界的分法；更重要的是，他認為詹明信根本忽略了第三世界在文化、語言、歷史、政治、經濟方面的繁複異質。艾傑阿默尤其不滿詹明信分別以生產模式（資本主義與社會主義）來描述第一與第二世界，卻又以外力強加的經驗（被帝國殖民的經驗）來界定第三世界。他以為這無異暗示前二者為創造人類歷史的主體，而後者則只是歷史的客體。在他看來，這其實是另一種形式的東方主義。不過，艾傑阿默對詹明信的國族寓言之說倒也不完全否定，只不過認為詹明信不應以偏概全，單憑自己所讀過的幾本英文創作或被譯成英文的第三世界文學作品，就認定所有第三世界的文學都是國族寓言。其實第一世界——如美國——的文學中也有不少國族寓言。有趣的是，艾傑阿默所列舉的美國文學作品中，有不少倒是屬於弱勢族裔或女性的創作，如賴特（Richard Wright）的《原鄉之子》（*Native Son*）、

---

[37] Fredric Jameson, "Third World Literature in the Era of Multinational Capitalism," *Social Text* (Fall 1986), p. 69.

艾利森（Ralph Ellison）的《看不見的人》（*Invisible Man*），以及艾德琳瑞芝（Adrienne Rich）的《你的家園，你的生命》（*Your Native Land, Your Life*）等。不過，艾傑阿默所在意的可能還是"representation"的問題。在當代文學與文化研究中，這是個很重要的字眼，它至少有兩個意義：一個是「代表」，另一個是「再現」。在艾傑阿默看來，詹明信規劃其第三世界文學理論時，一方面既想代表第三世界發言，另一方面又意在再現第三世界，這樣的角色正是艾傑阿默所要質疑的。[38]

　　不過我認為詹明信主要是想提出一種主導敘事（master narrative）來解釋第三世界的文學，這是將第三世界文學經驗總體化的結果。許多主導敘事其實在處理經驗的細節上難免掛一漏萬，這是可以理解的，但以國族寓言的概念閱讀某些第三世界或弱勢族裔的文學仍不失其有效性。我之所以將《婆羅洲之子》視為李永平的國族寓言，因為這本小說相當清楚地展現了李永平少年時代的國族想像。按詹明信的說法，在第三世界的文學中，個人命運的故事往往就是公共文化鬥爭與社會鬥爭情勢的寓言。[39]《婆羅洲之子》的敘事過程除了隱約提到砂勞越的殖民情境之外，並未指涉特定的政治現實或歷史事件，不過我們從小說的敘事過程中也不難看出其間種族關係的複雜與社會階級的糾葛。只是李永平的國族想像並非源於民族解放

---

[38] Aijaz Ahmad, *In Theory: Classes, Nations, Literatures* (London and New York: Verso, 1992), pp. 99-110.

[39] Jameson, "Third World Literature in the Era of Multinational Capitalism," p. 69.

或反帝國與反殖民抗爭,也與階級鬥爭沒有直接關係。他的國族想像既是他的烏托邦計畫,卻也同時反證其內心世界的焦慮與慾望。這些焦慮與慾望在《婆羅洲之子》的國族想像中暫時獲得抒解;在往後數十年的創作生涯中,李永平還要一次又一次重返婆羅洲,就像福克納(William Faulkner)在創作中一再造訪他所建構的美國南方一樣,這個事實也許正好說明,這些焦慮與慾望其實並未徹底獲得解決。從這一點也可以看出,《婆羅洲之子》雖然是李永平的少作,但是在他的整個文學產業中卻扮演了舉足輕重的角色。

——二〇一一年九月二十一日於臺北

† 本文最初發表於「李永平與臺灣／馬華書寫:第二屆空間與文學學術研討會」(臺灣國立東華大學空間與文學研究室和英美語文學系,二〇一一年九月二十四日),經修改後收入高嘉謙編,《見山又是山:李永平研究》(臺北:麥田出版社,二〇一七年),頁38-54;及李永平,《婆羅洲之子與拉子婦》(臺北:麥田出版社,二〇一八年),頁247-69。

溫祥英小說的文學史意義

一

　　一九七四年，溫祥英出版他的第一本小說集《溫祥英短篇》。他寫了一篇宣言式的序文，對他過去的創作多所反省，對文學的價值及其與現實的關係，也有扼要的檢討和釐清。這篇序文具有指標作用，標誌着溫祥英在文學思辨與創作實踐方面的重要分水嶺。他在序文中開宗明義指出：

　　　　在過去，我雖然寫的不少，但大多數都是遵循着某種教條而寫的。換句話說，它們全都是 partisan 的作品。這不是欲抹殺我的過去。這，同樣的，也是一個不可避免的過程，尤其當你年青，當你熱情洋溢，當你滿懷理想。可是，一旦滯留下來，一個人也就死了，至少，他的藝術生命也就

　　完了。[1]

在這篇序文裡，溫祥英也簡要闡釋個人藝術的重要性，同時指出「為人生而藝術」和「為藝術而藝術」這兩種創作理念的二分法其實毫無必要，因為「藝術根本就沒有這種分界」；尤其把「為人生而藝術」的作品視為「高出一層」更屬多餘，也沒有任何理論或實踐上的根據。在他看來，「藝術都是個人的，私人的，表現個人對世界的洞察。如果根據某種現成的理論而製造，那種洞察就沒有了，作品變成千篇一律，人云亦云了」。此外，他在序文中也簡單說明他對內容與形式二分的看法：「內容與形式是二而一，一而二；內容一改，形式也就變了；形式一變，內容也就改了」。[2]

　　就文學的本體或創作的本質而言，溫祥英這些理念只是基本常識，其中所涉及的問題並不需要豐厚的文學理論或文化資產即可輕易解決；不過在一九六〇、七〇年代的馬華文學界，這些理念仍具有澄清與界說的意義。溫祥英所非議的「遵循着某些教條所寫的」文學，或者上述引文一再提到的 partisan（派系）文學，其實是當時某些作家心目中所謂的現實主義或新寫實主義文學。在後來一篇題為〈御用文人〉的文章中，溫祥英重申他的看法：「到目前為止，我仍堅持着文學是非常個人的，表達個人的聲音的。其實，正是為了這個原因，我才非議所謂『新寫實主義』的作品：一個私人的個性都沒有，只是根據某種理論或教條來填充，內容貧乏表面，主題老

---

[1]　溫祥英，〈序〉，《溫祥英短篇》（美農：棕櫚出版社，1974）。

[2]　溫祥英，〈序〉，《溫祥英短篇》。

生常談」。[3]

　　溫祥英的省思之所以重要，主要因為他之前也寫過若干他所說的「遵循着某種教條而寫的」作品。一九六四年他以筆名山芭仔發表的中篇小說《無形的謀殺》就是一個典型的例子。溫祥英在一九七一年一篇自剖式的析論文章〈更深入自己〉中曾經提到，他在這篇小說裡「對金錢和愛情的比重下了評語」。[4]不過在我看來，《無形的謀殺》主要還是在處理階級的問題。這個永恆復現的問題原有其普世意義，只是在這篇小說中，這個問題所企圖突出的矛盾顯然仍未能擺脫當時所謂的現實主義的窠臼，至少現實主義的遺緒仍在。一位「十二歲過番」來的移民，經過了半生的奮鬥，事業小有成就，最後將其產業交由獨生子經營，自己則被兒子和媳婦半哄半騙地安置在花園洋房裡與他們同住。這位不滿六十歲的壯年人在小說敘事中一再被稱為「老人家」。他交棒後無所事事，形同遭到軟禁，連離開花園洋房也力不從心。他把自己的情景自喻為「無形的謀殺」——這也是小說題目的由來。他是正派生意人，無法認同兒子的做法。在他看來，他的兒子就像商場老千，專以酒色騙人。他對家裡的年輕園丁透露，他的兒子會請「大商家小商家吃飯，把他們灌得半醉，帶他們去旅館開房子；在妓女叫來時，等到他們的情慾正上昇，他就叫他們簽下對他自己有利的合同」。[5]這種伎倆無異於敲詐，今天看來粗糙而說服力不足，目的只是為了凸顯兒子為富不仁的猙

[3] 溫祥英，《半閒文藝》（八打靈再也：蕉風出版社，1990），頁 169。

[4] 溫祥英，《半閒文藝》，頁 223。

[5] 溫祥英，《無形的謀殺》（八打靈再也：蕉風出版社，1964），頁 28-29。

獰面目與奸佞惡質。這是溫祥英所說的 partisan 文學中常見的典型人物的寫法。

　　小說中的另一個典型人物是園丁稱為頭家娘的兒媳婦。她頤指氣使，盛氣凌人，變臉如翻書，可以對老人虛情假意，孝心溢於言表，也可以翻臉斥責老人為「老不死的」。她對着園丁厲聲辱罵，視如奴僕，甚至園丁的妻子分娩在即也不肯准假讓他將太太送醫待產。園丁氣急敗壞地去向她請假時，只見她一個人正在大吃大喝。小說刻意利用這個場景把她寫成惡形惡狀：「她懶洋洋的不理睬他，夾（挾）一塊魚肉到口中，細細的咀嚼，用一口酒灌下去」。[6]這種惡人──通常是有錢人──必有惡狀的扁平寫法，在那個年代的馬華 partisan 文學中並不少見。

　　階級對立與社會不公甚至可見於日常生活的三餐：頭家娘吃的是「雞肉、魚肉、芥蘭、雞湯」，吃飯時還要搭配喝酒；[7]園丁夫婦的晚餐菜餚卻只有「江魚仔、豆角和青菜湯」。[8]以這種陳腐刻板的方式狀寫階級對立與社會不公，可以說是 partisan 文學或現實主義文學的樣板。問題顯然不在現實主義，而在現實主義的文學實踐，以為非這樣處理階級與公義問題即不足以稱現實主義。《無形的謀殺》發表十年之後，溫祥英對此所作的自我批判並不複雜，不過卻相當一針見血。他說：「Partisan 文藝所表現的現實，往往跟我親自領會的現實，有很大的出入。教條文學也跟學校所教的傳統美德一樣，是經

6　溫祥英，《無形的謀殺》，頁 26。

7　溫祥英，《無形的謀殺》，頁 26。

8　溫祥英，《無形的謀殺》，頁 14。

不起現實的考驗的」。[9] 溫祥英的意思是，這樣的現實其實是遵循某種派系路線所規劃的現實，是經過刻意包裝的現實，甚至是脫離現實的現實，因此與他「親自領會的現實」距離很大。[10]

在《無形的謀殺》中，階級對立與社會矛盾並未獲得解決——其實也看不出有任何解決的可能性。這是現實主義文學的困境——現實主義文學原來就有自己的政治議程，只不過在政治現實中這些議程始終無法付諸實踐，最後甚至因政治議程凌駕一切而使得其文學生產陷入窘境，以致於淪為溫祥英所說的「千篇一律，人云亦云」，作家因此不再「對自我忠實」。[11]尤其在馬來西亞這麼一個種族政治無所不在，且種族類別足以統攝眾多議題的社會裡，在文學實踐中

---

[9]　溫祥英，〈序〉，《溫祥英短篇》。

[10]　《溫祥英短篇》中收有〈人生就是這樣的嗎？（一天的記錄）〉這篇小說（敘事者兼主角一再強調，「這篇東西畢竟不是小說，只是一篇記錄，什麼都要錄下」），溫祥英讓敘事者兼主角現身說法，嘗試鉅細靡遺地記錄其一天的見聞遭遇，結果他坦承自己「選錯了手法」，無法達到目的，藉以調侃現實主義文學其實並非真的寫實。最後他不得不承認：「我也可以擱筆了。寫了一個多兩個禮拜，手也倦了。要詳詳細細，一字不誤地記錄下現實，雖然僅只一天的現實，畢竟不是一件容易的事。難怪很多作者在編着神話而美其名曰寫實。這種細膩的工作，既吃力又不討好。這種正對現實的寫法，不但得罪人也得罪自己。我已經沒有那種耐心了」（溫祥英，《溫祥英短篇》，頁 92-93）。張錦忠也有類似的看法，他認為這篇小說「是對（尤其是馬華文壇的）現實教條主義者的反諷／反抗，針對現實派的指控（現代主義小說不寫實不反映現實）提出反證」。見（張錦忠，〈溫祥英「在寫作上」註解〉，收入溫祥英，《清教徒》（八打靈再也：有人出版社，2009），頁 186）。這篇小說後來也收入二〇〇七年出版的《自畫像》中。

[11]　溫祥英，〈序〉，《溫祥英短篇》。

處理階級或社會公義的議題，手法勢必更須細膩可信，才能自種族類別中破繭而出，另闢蹊徑，或者開發溫祥英所說的「洞察」。[12]

我們在《無形的謀殺》中看到的唯一希望是年輕園丁與其妻子之間的愛——以及新生嬰兒所象徵的新生命。園丁看着剛輸完血的「妻子一手緊緊抱住不到十磅重的嬰孩。嬰孩很安祥（詳）的熟睡了」。妻子「提起疲倦的眼皮，對他安慰地一笑如湖面擴開的漣漪」。「他覺得他能戰勝生活本身」。[13]這是現實主義小說常見的公式化結局——為受壓迫的勞苦大眾留下光明的未來。相對而言，我們不難想像，頭家一家恐怕將繼續深陷於仇恨與怨懟中而難以自拔。這樣的結局確實涉及溫祥英所關注的「金錢與愛情的比重」問題，只不過在這篇小說的脈絡裡，這個問題最後仍不免歸諸於階級問題。

階級問題在溫祥英一九七〇年代中期的創作中還曾經曇花一現，只是作者不再以簡單的社會分化或對立的方式處理這個問題，而是把問題與傳統倫理價值相互糾結，甚至將階級問題置於倫理的關懷之下。溫祥英在二〇〇七年出版其第二本小說集《自畫像》，其中收有〈蛋〉這篇寫於一九七五年的小說。這篇小說的情節相當簡單：一位老魚販因送蛋到學校給兒子進補，結果不幸在眾目睽睽下被兒子排拒。兒子——小說中的胡老師——因父親為賣魚佬的職業而自慚形穢；當然，老父的形象也讓他在同事與學生面前無地自容。溫祥英這麼描述這位老人：「大成藍的唐山裝上衣敞開着，露出黝黑

---

[12] 溫祥英，〈序〉，《溫祥英短篇》。

[13] 溫祥英，《無形的謀殺》，頁13。

的胸膛，每一根肋骨都清晰可數。闊褲管的唐山褲也像上衣一樣泛白，只遮至膝蓋上，露出兩截細紋繃緊的瘦腿，赤着的雙腳留滿割痕，黑黑的塞滿污垢」。[14]父親自始至終是位賣魚佬，兒子則已任教職，算是白領階級了，社經地位的改變明顯地為兒子帶來倫理的困擾。對兒子的反應無法置信的老人雙手一鬆，結果是：「滿地都是摔破的蛋」。[15]

二

要討論溫祥英日後的文學產業，上述的論證顯然有其必要。上文曾經提到溫祥英的自剖文章〈更深入自己〉，其實原來是為《溫祥英短篇》所寫的長序，不過後來並未收入這本小說集中。[16]這篇長文回顧他就學習文的經過，並檢討自一九五〇年代下半以迄七〇年代初《溫祥英短篇》出版時約二十年間他的創作歷程與不同階段的轉變。其中很大的轉變即他如何有意識地要告別「那種神話化的教條主義，那種歪曲現實」[17]的文學。甚至《溫祥英短篇》的〈序〉，

---

[14] 溫祥英，《自畫像》（吉隆坡：大將出版社，2007），頁13。

[15] 《自畫像》中另有一篇題為〈玻璃〉的小說，可視為〈蛋〉的姊妹篇，主角也是胡姓教師，同時還提到老魚販為兒子送蛋的情節，不過這篇小說主要在處理崇拜胡老師的學生如何目睹他進入風月場所而偶像幻滅的經過。

[16] 張錦忠，〈溫祥英「在寫作上」註解〉，收入溫祥英，《清教徒》（八打靈再也：有人出版社，2009），頁185。

[17] 溫祥英，《溫祥英短篇》，頁222-23。

從這個角度看，顯然更像是個人的文學解放宣言；正如溫祥英在其序文一開頭所表明的，《溫祥英短篇》所收錄的「都是比較個人的東西。……這代表一個很大的轉變，一種往成熟，或往建立自己個人風格的途中，所必須經閱（越）的里程」。[18]

　　因此我們發現，《溫祥英短篇》所輯錄的多半為一九七〇年代前後的創作，他刻意捨棄那些「遵循着某種教條而寫的」的少作，既未將這些少作納入《溫祥英短篇》中，也未收入《自畫像》（2007）、《清教徒》（2009）及《新寧阿伯》（2012）等三部晚近出版的小說集。《溫祥英短篇》收小說十一篇，有些在文字與結構上甚富實驗性，溫祥英不僅不再拘泥於某種教條公式，在題材或關懷方面更是自由而多樣。後來這十一篇長短不一的小說至少有九篇還分別收入《自畫像》與《清教徒》這兩個集子中，他對這些早年創作的重視由此可見。在出版《溫祥英短篇》之後，他還陸續寫了〈蛋〉、〈玻璃〉、〈脫衣舞〉等日後收入《自畫像》的幾篇小說，接着竟有近十年之久停止小說創作。在回答黃錦樹的提問時，他對這大約十年的空白只簡單表示，自己「失去了方向」，而且《溫祥英短篇》裡有些是「可一而不可再的」作品。[19] 不過《溫祥英短篇》畢竟是溫祥英轉型時期的重要作品，探索與實驗的意味甚重，其中某些關懷甚至影響到他後來的創作，很值得一談。

　　《溫祥英短篇》所輯多屬作者所說的「私人的個性」的作品。

---

[18] 溫祥英，〈序〉，《溫祥英短篇》。

[19] 黃錦樹，〈十問溫祥英〉，《星洲日報・文藝春秋》（2008 年 3 月 23 日）。

小說集首兩篇〈自畫像〉與〈昨日。今天〉（最早題為〈自畫像Ⅱ〉）都在處理今昔的對比，同時也隱含現實與理想的對比。[20]更貼切地說，這樣的對比主要在凸顯少年情懷的幻滅。〈自畫像〉開頭有一段描寫大自然景色——遠山、白霧、湖面、月亮——的文字，可以看出溫祥英嘗試賦予這些景色象徵意義：

> 那時才開始懂得美，懂得欣賞清晨隱沒在孃娜白霧後的遠山，若隱若現，撲朔迷離，可見不可達。我也學會冒着夜寒凝重的露水，坐在湖畔的樻上，從兩樹葉叢中觀看月亮躍出山頂，驟跌在湖面，成蠢動的金蟲，不停地往我心裡鑽，卻仍舊離我那麼遠。[21]

籠罩在白霧裡的遠山若隱若現，似遠又近，就像敘事者兼主角所愛慕的對象；月亮映照在湖面上所造成的效應如金蟲般挑動他的情慾。日子在忐忑不安中過去，「我偷偷的膜拜我的神」，或者「只能遠遠地欣賞這美」。[22]〈自畫像〉的篇幅不長，文字以描述居多，幾無情節敘事可言，到了小說最後一段，我們看到時間帶來的無情變化，現實戳破了夢想，結果是：「我的神竟嫁一個鬼兵，到外國去了。而現在我卻把人視為猴子的後裔，因為我雖仍然懂得欣賞美，我的注意點已從臉孔墜落到胸脯和屁股，而欣賞的主使者由心降到下部發火的部份」。[23]

---

[20] 黃錦樹，〈序：清教徒的自畫像〉，收入溫祥英，《自畫像》，頁10-11。

[21] 溫祥英，《溫祥英短篇》，頁1；《自畫像》，頁9。

[22] 溫祥英，《溫祥英短篇》，頁2；《自畫像》，頁9。

[23] 溫祥英，《溫祥英短篇》，頁2；《自畫像》，頁10。有趣的是，後來在一九八

今昔之比在〈昨日。今天〉的題目中一目瞭然。敘事者兼主角開車帶着母親與妻子回到老家小山城。這段旅程對小說中的「我」來說無異是一場尋覓過去之旅，他在殘存的小山城記憶中努力呼喚一位名字叫梅的女孩。梅就像〈自畫像〉中那位若即若離、似遠又近的少女那樣，是溫祥英筆下一再出現的理想情人，是他許多小說中常被召喚的可望而不可即的「女神」。在〈昨日。今天〉中，梅忽隱忽現，幾乎無所不在，而且小說主角不斷以梅與他身邊的妻子對照，以凸顯昔日夢想與當下現實的對比。小說中有一段文字這樣描寫他眼前的妻子：「我也看清楚了妻的臉，近在眼前，麻面和幾粒黃色白點的暗瘡，穩（隱）藏在白粉層後。圓眼鏡片只是兩片死光」。這是當下必須面對的現實。相對之下，梅有的是「閃光的眼鏡片，垂在額上的髮絲，苗條的身影」。[24]

〈昨日。今天〉像溫祥英的許多小說一樣，並不以情節取勝，在文字與結構布局方面實驗性極強，溫祥英刻意讓主角的意識在過去與現在之間或跳接，或流動，有時甚至讓過去與現在糾葛，造成今昔難分，現實與理想混淆。小說因此留下相當曖昧的結尾：「我的過去也死在赤裸裸的毒陽下的小山城中，當我踏着油門，噴烟而去，

五年的一篇小說〈她把龍蝦的警告拋掉〉（收入《自畫像》）中，敘事者兼主角竟跳出來說：「妻並不是我第一個發生興趣的女孩。在〈自畫像〉中我曾把那第一個女孩子的美姿以白紙黑字留存下來」。見溫祥英，《自畫像》，頁103。類似的自我引述或指涉在溫祥英的小說中屢見不鮮。

[24] 溫祥英，《溫祥英短篇》，頁11；《清教徒》，頁23。

後座是母親與大嫂，旁邊是妻——梅」。[25]三十多年後，溫祥英在二
〇〇六年發表其饒富自傳性的小說〈清教徒〉。這篇小說與宗教無關，
內容主要涉及主角華華仔的成長經驗，特別是失敗的性啟蒙經驗。
小說中有一段直接引述〈自畫像〉的文字，追憶華華仔少年時代所
暗戀的一位少女。[26]之後另有一段文字描述一位叫梅的女孩，整個
情景其實早見於〈昨日。今天〉這篇小說。[27]而在寫於二〇〇七年
的〈美麗夢者：側記1957年〉這篇小說中，敘事者兼主角的「我」
也提到一位他所追求的「夜校的女同學」陸月梅，圓圓的臉孔掛
着圓圓的鏡片，[28]其形象與〈昨日。今天〉中所描述的梅如出一
轍。[29]黃錦樹說梅是溫祥英「幾乎寫了一輩子、呼喚了一輩子的永
恆少女，女神」，[30]甚是。

　　回頭看〈昨日。今天〉這篇溫祥英早期的作品，其結局似乎有
意點破妻和梅其實是同一人，只不過梅是過去，妻是現在，而主角
一路尋找的是已經失落的過去。當他一再召喚美夢般的過去時，妻

---

[25] 溫祥英，《溫祥英短篇》，頁12；《清教徒》，頁24。

[26] 溫祥英，《清教徒》，頁136。

[27] 溫祥英，《清教徒》，頁140-41。

[28] 溫祥英，《新寧阿伯》（吉隆坡：大將出版社，2012），頁63。

[29] 〈美麗夢者：側記1957年〉所敘主要為一群中學生的少年成長經歷，與其
說是一篇小說，毋寧說是一篇有關少年成長的回憶文字。一九五七年馬來亞（馬
來西亞前身）脫離英國殖民獨立建國，溫祥英特地選擇這一年作為回憶少年時
代的時間背景，當然不無其政治潛意識，這篇敘事文字即在「默迪卡」（獨立）
聲中結束。

[30] 黃錦樹，〈序：清教徒的自畫像〉，頁10。

則在一旁不斷提醒他當下醜陋的現實。從這個視角看，〈昨日。今天〉其實是一篇有關傷悼的小說，是對過去的鄉愁，對夢想的悼念，以及對現實——尤其是婚姻生活——的無奈。這是溫祥英日後許多小說的重要關懷。

這樣的關懷也可見於《溫祥英短篇》中只有數百字長的〈憑窗〉。「我」每夜憑窗俯視「妳」和同伴從窗下的街道走過，久而久之竟墮入以下的幻想中：「妳對我說了什麼。我倆會心而笑。妳偎我更近。我抱妳更緊。一個秘密茁長在我倆心中。我倆的依偎擊退一街的夜。」不過「我」一個轉身，卻必須回到現實，「面對一室原子燈。燈下妻兒子女的臉孔」，「我」終於必須接受「我倆隔着 a world of difference」這個事實。[31]溫祥英在全篇中文的小說中突然以英文表示差異的世界，顯然特意以不同語文突出這種差異，這個差異更是夢想與現實之間的差異。

甚至在那篇以流水帳寫法嘲弄現實主義的〈人生就是這樣的嗎？（一天的記錄）〉中，溫祥英最後以對婚姻的厭倦作為總結，再一次回到上述幾篇小說所企圖勾勒的對現實生活的無奈與失望。值得注意的是，在這篇小說裡，這樣的題旨最後還要靠一幅畫來具體展現，作者彷彿有意暗示語言再現的欠缺與不足：

> 他對着牆壁上的一幅畫。買了一個月罷了，卻已不留意了。一個女的在正中，藍色的袍子張開。左手曲着，頭向左低着，保護着手中的孩子。連着她，但背向着她，是一個男

---

[31] 溫祥英，《溫祥英短篇》，頁 45-46；《自畫像》，頁 83-84。

　　的，只穿一條泳褲似的底褲，瘦瘦黃黃，頭垂低着。在女的
　　左腳處，一個男的正抱着雙腿蹲在那裡，頭壓在膝上。這一
　　組人物都被圍深紫色框着，看似柔軟，實則堅韌。題目是：
　　婚姻。[32]

　　對百無聊賴的婚姻表示萬般無奈的還有〈她把龍蝦的警告拋掉〉
這篇小說：

　　　　其實，也沒有什麼離異的理由。生活已降入一個例常公
　　　　式的軌道中。早上我上學，她就在家裡搬搬弄弄她的花盆；
　　　　下午她上學，我把孩子送上送下，或看點書，或寫點東西，
　　　　傍晚就清理屋旁。晚飯後，有時散散步，或看看電視，直至
　　　　上床睡覺。日子就這樣過去，相安無事。難道這就是「婚姻
　　　　是愛情的墳墓」之寫照嗎？[33]

這段文字看似輕描淡寫，不痛不癢，所敘也只是日日重複的刻板行
為，既無發展，也無高潮，更無終結，婚姻就在這樣沉悶而幾無變
化的生活中拖延下去。這篇小說其實又回到〈自畫像〉與〈昨日。今
天〉中今昔的對比與理想的幻滅。在對婚姻生活失去興致之後，敘
事者兼主角的「我」陷入少年時代如何「痴迷上夜學的一位女同學」
的回憶，[34] 而回憶中的若干情節又與〈昨日。今天〉者多所重疊，
不免讓我們聯想到〈昨日。今天〉中的梅。

　　乏味的婚姻彷如枷鎖，將婚姻中的男女緊緊地囚禁在家的籠牢

---

[32]　溫祥英，《溫祥英短篇》，頁 93；《自畫像》，頁 100。

[33]　溫祥英，《自畫像》，頁 102-03。

[34]　溫祥英，《自畫像》，頁 103。

裡。為掙脫這個籠牢，當事人在萬般無奈之餘，甚至計謀訴諸精神
或虛擬死亡，以求自婚姻解脫，並換取感情或慾望的自由。〈她把龍
蝦的警告拋掉〉中的男主角即「杜撰了一個中篇，安排妻自殺身亡，
因為我結識了一朵可慕的蘭花，鼻子高高的，皮膚黝黑」。[35]在另一
篇〈我是妻的寶貝〉中，男主角「曾夢想着他能恢復自由身。他幻想
着美蘭得了什麼絕症，如文藝小說所編的；但不久後又為這種冥想
而內疚」。[36]

　　不過在溫祥英的眾多小說中，對婚姻徹底失望，並提出強烈控
訴的，反而是一位新婚妻子。《溫祥英短篇》中收有〈天亮前的早餐〉
這篇小說，寫一對年輕夫婦婚宴過後妻子的感受，她甚至把兩人行
房比作丈夫「合法的嫖妓」。她認為自己「是經合法被賣過去的。她
的丈夫給錢，給錢供養她，給她屋子住，衣服穿，飯菜吃，娛樂享
受。而她和妓女一樣地滿足他，只是合法的。她是良家少婦，她是
高她們一等的」。[37]這樣的自貶相當不堪，她的婚姻生活剛剛開始，
就陷入無以自拔的深淵。這篇小說不能說寫得非常成功，婚宴過後
妻子的內心轉折雖有脈絡可循，但說服力不強，只能說兩個人儘管
兩情相悅，畢竟是奉子或奉女成婚。不過對我們而言，妻子這樣的
體會與溫祥英諸多小說人物對婚姻的態度倒是相當一致的。因此作
者最後藉妻子的哭泣對婚姻提出批判：「只有制度，沒有人性」。[38]

---

[35] 溫祥英，《自畫像》，頁 105-06。

[36] 溫祥英，《自畫像》，頁 124。

[37] 溫祥英，《溫祥英短篇》，頁 26。

[38] 溫祥英，《溫祥英短篇》，頁 28。

三

　　溫祥英在他的小說中一再書寫的女性角色除了像梅這樣的理想情人之外，還有一個與此對比強烈的人物：歡場女性，主要為吧女。他的小說中受縛於家庭的男人在對現實不滿，或對婚姻厭倦之餘，往往寄情酒色，歡場女性於是成為這類男人縱情洩慾的投射對象。這些女性有的有姓有名，有的面貌模糊，也各有不同的理由以出賣靈肉為生。

　　這些歡場女子中最早出現的是題為〈瑪格烈〉這篇小說中的吧女瑪格烈。在技巧上這篇小說採用的是溫祥英轉型期小說常用的意識流，在〈昨日。今天〉中我們早見識過溫祥英的實驗。而在〈瑪格烈〉中，溫祥英的敘事策略主要讓瑪格烈與小說中名叫容的妻子交互出現，有時一前一後，有時相互重疊，造成身分錯覺。當我們注意到主角正與瑪格烈打情罵俏時，下一個場景突然跳接到家裡主角與妻女的對話。試看以下的景象：

　　　　我把瑪格烈拉到懷中，雙手圈住她，臉頰依在她鬢邊。我倆默默無言。

　　　　容睡着了，整個人癱在樓板上，手腳曲屈着，頭歪在一邊。

　　　　我輕輕的吻瑪格烈的頭髮，輕輕的。她沒動，只把整個人溶入我的懷中。

　　　　容在搐動，顫動幾下眼皮，然後張開，讓黑夜溺死在雙

瞳中。[39]

這樣的敘事策略當然有其寓意，暗示小說中的男人如何深陷道德困境，左右兩難，來回掙扎，最後只能在醉言醉語中呢喃向妻子容求取原諒。困局仍在，現實依舊，情境並未因此翻轉或有任何突破。

〈一則傳奇〉中的無名吧女因男友堅持赴美國深造而以陪酒為生。兩、三年後，久無音訊的男友突然來信表示要放棄學業，回來再續前緣。小說結束時，她手握男友來信，走向海邊長堤盡處的岩石，只是「那塊岩石已被海浪淹蓋了」。[40]岩石是她幾年來守望男友的地方，這則傳奇簡直是流傳於馬來西亞民間的中國寡婦山故事的現代版，小說標題作〈一則傳奇〉，結尾又故作曖昧，顯非無的放矢。既是傳奇，結局當然可以有多重想像，甚至也無須符合現實情境。海浪拍擊岩石的意象後來也出現在溫祥英寫於一九九〇年的小說〈閃入那扉窗〉中，小說提到男主角唐與吧女夢納李的關係，敘事者說，「人生不像寫小說。寫小說可以安排某一事件為轉捩點，但人生只是日子的堆積，忽然如海浪擊在岩石上，嘩然轟響，卻不知哪是因哪是果」。[41]溫祥英故意以類似的意象為〈一則傳奇〉留下周而復始或無始無終的結尾，正好說明吧女之戀只能像市井傳說那樣，輾轉流傳，徒留想像。

〈閃入那扉窗〉篇幅雖然較長，情節卻相當簡單，主要涉及唐與吧女夢納李之間的戀情，這段戀情顯然不只是一般酒客與吧女的

---

[39] 溫祥英，《溫祥英短篇》，頁 19；《清教徒》，頁 91-92。

[40] 溫祥英，《溫祥英短篇》，頁 57。

[41] 溫祥英，《清教徒》，頁 41。

歡場關係而已。唐參與華人政黨的活動，但因為受的是英文教育，在政黨裡深受排擠，被一些華人民族主義者斥為「吃紅毛屎、忘祖忘宗」，[42]因此在政治上鬱鬱不得志。他窮途潦倒，阮囊羞澀，沒辦法整晚包下夢納，當夢納被預訂跑外場時，他為了跟蹤夢納，就像「野鬼遊魂似的奔波了整個晚上」。像溫祥英筆下的許多男人一樣，他的家庭與婚姻生活乏善可陳，面對現實生活的呆滯無趣，他只能徒呼奈何，而他的解脫之道，也像我們在溫祥英許多小說中所見到的那樣，一是在精神上安排妻子的虛擬死亡：「他為什麼不是自由身？他冥想着，妻忽然死去了：車禍？急症？她死，他就恢復自由。他沒有勇氣提到離婚。其實也沒有理由離婚。他只是不能一個人同時愛上兩個女人：他不能分身」。[43]二是逃避，而逃避的不二法門則是尋歡作愛，把吧女當作暫時的情人。用敘事者的話說，「在風月場所中，挖尋某種可以填滿，或暫時渾忘心靈空虛的什麼」。[44]簡單言之，〈閃入那扉窗〉所敘述的是一個中年男人追憶生命中一段歡場歲月的故事；他物質不豐，精神空虛，生活頹廢，像行屍走肉那樣，加上年歲日增，懊惱萬分，最後只能「在燈下餐桌，他為自己未能把未來為後一輩弄得更好，而深感愧疚，心痛得不得已」。[45]

　　與上述議題有關的還有一篇近作〈999：記一段頹廢的生活〉。這篇小說收於二〇一二年出版的小說集《新寧阿伯》。這是一篇追憶逝

---

[42]　溫祥英，《清教徒》，頁 35。

[43]　溫祥英，《清教徒》，頁 41。

[44]　溫祥英，《清教徒》，頁 35。

[45]　溫祥英，《清教徒》，頁 44。

水年華的小說，敘事者兼主角的「我」年華老去，回想一九六九年
的五一三事件之後，一群同事好友風花雪月的荒唐歲月。那是三、
四十年前的事了，有趣的是，整個敘事所述盡是這些為人師表者吃
喝嫖賭的生活，完全不提他們的居家生活或婚姻狀態，是溫祥英迄
今為止對風月生活著墨最深的一篇小說。這篇小說當然有其政治潛
意識。除了上述提到的五一三種族暴動外，敘事者兼主角在回憶中
還一再指涉一九六七年底檳城左翼政黨主導的罷市行動。當時馬幣
因緊盯英鎊而貶值，造成物價上漲，民生頗受影響；罷市難免造成
騷動，州政府因此宣布宵禁。小說中的若干情節與宵禁有關。一九
六〇年代原本就是多事之秋。在馬來西亞境外，近在咫尺的有美國
在越南的戰爭與中國大陸的文化大革命，世界各地更有風起雲湧的
反戰與反體制運動。以美國而言，政治人物如甘迺迪兄弟、宗教領
袖如金恩牧師（Martin Luther King, Jr.）與馬爾孔‧X（Malcom X）接
二連三先後遇害。而在國內，一九六三年馬來西亞成立，隨即遭到
印尼的抗議與武裝攻擊；一九六五年新加坡在馬來人民族主義者逼
迫之下退出馬來西亞，倉促獨立建國。緊接着就是一九六七年底檳
城的罷市騷動與一九六九年的種族暴動。置身在這樣一個動盪不安
的世界，生命脆危（precarious），意志難伸，〈999：記一段頹廢的生
活〉儘管在敘事背景上無法也無須涉及世界各地的動亂，只是敘事
者兼主角畢竟經歷了馬來西亞境內影響深遠的兩場政治事件，在日
暮途窮、友朋凋零之日，他只能顧影自憐，在酒色中繼續麻醉自己，
最後他表示：「我不是寫小說，不必理會前因後果。現在我不就在這
裡，喝着酒，車着大炮，吃着女陪座的豆腐（當然我不會在她們上

台唱歌時，送花圈或花束給她們）。她們都引不起我的心動或下體之動。我對她們沒有什麼要求了」。[46]他既現身自承「不是寫小說」，那麼小說所敘的莫非是真人真事的野叟曝言？而這樣的體認莫非也是溫祥英筆下眾多男性的最後告白？

　　從上面的分析與論證不難看出，大約在一九七〇年前後，溫祥英在文學的體認與創作方面發生了明顯的斷裂。這個斷裂不僅發生在他身上，就某個意義而言，也發生在同一世代的許多創作者身上。溫祥英與其同代人所面對的是一個擾攘不安與急驟變動的世界，一個詩人葉慈（W. B. Yeats）所說的「中心攬不住」（"the centre cannot hold"）的世界。在創作上原先那種看似清楚而穩定的階級二元論顯然不是沒有問題的，而與此相關的再現工具與敘事策略更是問題重重。在〈何時曾是現代主義？〉（"When Was Modernism?"）一文中，英國已故馬克思主義文化批評家威廉士（Raymond Williams）有一段文字描述文學現代主義者與其前代寫實主義小說家之間的關係：

> 如果我們沿用浪漫主義者無往不利的定義，將藝術視為社會變遷的徵兆、先驅及見證者，那麼我們不妨追問，社會寫實主義那些非凡的創新性，如一八四〇年代之後由果戈里、福樓拜或狄更斯所發現與界定的隱喻上的節制及觀看上的簡約，何以他們不應該優於普魯斯特、卡夫卡或喬哀思等傳統上的現代主義者的名字。眾所周知，先前的小說家使後來者的作品成為可能；沒有狄更斯，就不會有喬哀思。不過在排

---

[46] 溫祥英，《新寧阿伯》，頁58。

拒偉大的寫實主義者時，這個版本的現代主義拒絕去體察寫
實主義者如何設計和組構一整套的語彙與其修辭結構，寫實
主義者即藉由這套語彙與修辭結構掌握工業城市史無前例
的社會形式。[47]

威廉士的話說得簡單扼要，不過就文學史的發展而言，這段話倒是
有幾點值得注意：一、威廉士顯然有意繼承浪漫主義者的餘緒，突
出文學史的嬗遞與社會變遷的關係，視文學藝術為這些變遷之癥候
與見證，既有承傳，也有斷裂，而現代主義者似乎更強調斷裂的重
要性，背後隱然可見的是孔恩（Thomas Kuhn）在論科學革命時所說
的典範興替（paradigm shift）的問題。二、威廉士的模式儼然呼應布
倫姆（Harold Bloom）在研究文學史的演化時所指稱的影響的焦慮（the
anxiety of influence），是詩人與作家為抗拒前人的影響，逃避前人龐
大的陰影所採取的叛逆與決裂行動。三、這個模式完全肯定文學的
語言與修辭策略必須與時俱進；換言之，詩人與作家必須尋求新的
語言與修辭策略處理新的情勢與社會現實。

　　在同一章裡，威廉士還針對現代主義者進一步表示：「這些作家
在變造語言的本質方面，在與疑為先前視語言為一面清晰、透明的
玻璃或鏡子的觀點斷裂方面，以及在他們的敘事肌理中凸顯作者與
其權威問題重重的地位方面無不大獲讚賞」。[48]此外，在另一篇題為
〈前衛的政治〉（"The Politics of Avant-Garde"）的章節中，威廉士

---

[47] Raymond Williams, *The Politics of Modernism: Against the New Conformists* (London and New York: Verso, 1989), p. 32.

[48] Williams, *The Politics of Modernism*, p. 33.

還重提斷裂的概念，而這個概念又與創造性密切相關：

> 我們已經注意到對創造性的重視。顯然，這在文藝復興時期
> 及後來的浪漫主義運動中都有先例，其時有人創造了這個最
> 初被認為褻瀆上帝的用辭，並被廣泛使用。標記着現代主義
> 與前衛運動二者對創造性的重視的是對傳統的蔑視與最終
> 激烈的棄絕：即堅持與過去一刀兩斷。[49]

　　現代主義原本就是一個難以界定的文學思潮、運動或斷代概念。威廉士視之為歷史與文化現象，是他晚年在處理文化社會學時相當重視的個案研究。對他而言，現代主義非關文學理論，他的主要關懷其實是文學的流變與文學史的斷代問題，而他的計畫的根本目的主要在析論現代主義（包括文學的前衛運動）的冒現，並規範其所隱含的文化政治。就某個視角而論，威廉士的論述計畫也頗能描述現代主義在馬華文學界的出現與發展。這是一個相當複雜的議題，這裡只能存而不論，不過我們可以藉溫祥英個人的文學產業以見現代主義深遠的影響。

　　就像抗拒 partisan 的作品一樣，溫祥英自然也不會特意為現代主義寫作。因此在接受杜忠全的訪談時，他表示自己並「不太清楚什麼現代不現代的寫作手法」。他以自己短短數百字的〈憑窗〉為例，自承這篇小說「純粹是要跟宗奉現實主義的作家們抬槓的」。[50]溫祥英的創作展現的容或並非威廉士所謂的「有意識的現代主義」

---

[49]　Williams, *The Politics of Modernism*, p. 52

[50]　杜忠全，《文字心語：馬華作家訪談錄》（怡保：觀音堂法雨出版小組，2016），頁 198。

（ "conscious modernism" ），但他刻意與其所詬病的派系或教條文學斷裂則是不爭的事實。因此，威廉士有關現代主義的論證對我們了解溫祥英日後的創作顯然不無啟發意義。

我們不妨就以〈憑窗〉為例進一步說明。我在本文第二節裡即曾約略提到，〈憑窗〉所處理的不外乎是夢想與現實的衝突，窗外是夢想的世界，窗內則是赤裸裸的現實。「我」憑窗俯瞰夜裡城市的活動，但一轉身卻必須面對「妻兒子女的面孔」。這個情境碰巧倒是與威廉士筆下都會現代主義者的身影與精神若合符節的：「孤獨的作家從他破落的公寓俯視着不可知的城市」。[51]

〈憑窗〉是一篇極為特別的小說，幾無情節，文字濃縮，近乎詩化。在敘事技巧方面，溫祥英早已捨棄像《無形的謀殺》中那種直線式的平鋪直敘，而側重主角思慮跳躍的意識流。整體而言，〈憑窗〉是一篇頗富實驗性的小說，溫祥英以簡約的篇幅敘寫現代人身陷現實牢籠的無奈，而在無奈中又不肯放棄夢想，因此只能藉幻想尋求精神的安慰。不過〈憑窗〉只是個縮影。在斷裂之後，溫祥英大部分的小說人物——有不少可以歸類為市鎮小知識分子——都面臨類似的現實窘境：在外在世界的擠壓下，對日常生活產生無力感；婚姻的枷鎖、家庭的桎梏、現實的壓力等迫使他筆下的許多角色尋求逃避，而逃避的方式一般上並不複雜，一是墮入幻想，嘗試抓住夢想的尾巴，在現實中作最後的掙扎；另一是躲到風月場所，在酒色競逐中顧影自憐，隨着年華消逝逐漸老去。

---

[51] Williams, *The Politics of Modernism*, p. 34.

　　溫祥英在小說創作上的選擇與經歷雖屬個案，但放大來看卻不無文學史的意義。他如何棄絕他所謂的宗派文學或教條文學，如何脫繭而出，以新的語言、形式及技巧處理新的題材，在在反映他後來若干小說的創新性與實驗性——而相對於宗派文學或教條文學的陳腐刻板，創新性與實驗性毋寧正是現代主義初履馬華文壇時最明顯的標籤。許多詩人與作家未必會清楚宣示自己是現代主義者，只是在批評家或文學史學者看來，他們的文學實踐其實可以輕易被納入現代主義文學的範疇內討論。溫祥英在斷裂之後的小說創作無疑可以作如是觀。

　　一九六八年的元旦，完顏藉（梁明廣）在新加坡的《南洋商報‧文藝》版發表了一篇宣言式的專文，題為〈六八年第一聲雞啼的時候〉，全文明顯是在為當時仍頗受敵視的現代文學張目。完顏藉的若干說法正好呼應溫祥英在文學實踐上的抉擇，今天回頭檢視溫祥英——以及部分其同代人——當時所面對的文學環境，這樣的抉擇無論如何是具有文學史的意義的。讓我引述完顏藉的說法作為本文的結束：

　　　　我的題材與形式會新鮮得像剛從報販手裡送來的早報。我放眼看提筆寫二十世紀六十年代或七十年代的生活內容。我不理會你們那些八股派的批評家引經據典怎麼說不去遵循你們所劃下的框子……。對陳腐的內容與古董的形式，我義無反顧。我造我自己的車，然後用我自己的車子載我自己的貨色。……

　　　　我撕的是一九六八年的新日曆，兩足踏在一九六八年的

星馬，《阿Q正傳》、《雷雨》、《家》的問題不再困擾我。困
擾我的是一九七〇年代的撤軍、越戰、癌、顏色、語言、所
得稅、人體機械零件外科手術。⋯⋯那麼多那麼複雜的困惱
困惱困惱困惱困惱，你發覺到古老的表現方式不夠表達，你
採用前人沒有用過的複雜的手法。⋯⋯

　　人今天的生活內容已反叛了人昨天的習慣生活內容，今
天的藝術品不得不以不習慣的表達方式去表現不習慣的生
活內容，其實故意走不習慣的路，也是藝術工作者的創作本
分之一。科學家盡力以機器代替人體器官，藝術工作者卻要
設法強迫人去運用他自己的器官。二十世紀六十年代的「新
八股派」要反對是無可奈何的。新畫新詩新文學新電影將以
不合習慣的面目源源而出。[52]

　　　　　　　　　　　　　　　　——二〇一三年十二月於臺北

† 本文初稿以主題演講的形式發表於「2016 年文學、傳播與影響：《蕉
風》與馬華現代主義文學思潮」國際學術研討會，馬來西亞金寶拉曼大
學與馬來西亞留臺總會，二〇一六年八月二十日至二十一日。

[52] 完顏藉，〈六八年第一聲雞啼的時候〉，收入《填鴨》，蕉風文叢 4（八打靈再
也：蕉風出版社，1972），頁 136-39。另見張桂香編，《梁明廣文集一》（新加坡：
創意園出版社，2017），頁 195-98。

詩的政治：

有關一九六〇年代馬華現代詩的若干回憶與省思

一

　　二〇〇六年，我從一九七〇年出版的詩集《鳥及其他》中挑選出若干詩作，再加上一九七〇年以後發表的數首，結集成《時間》一書，收入我在一九六六年至一九七六年這十年間的主要作品，交由臺北書林出版有限公司出版，納為「書林詩集」第三十六種。我在詩集之前寫了一篇〈詩的回憶——代自序〉，追憶這些詩作的寫作經過，反省自己創作當時的美學與現實關懷。我在這篇回憶序文中指出，「我發現這些詩不論言志或載道，其背後所體現的，仍然不脫薩依德（Edward W. Said）在論文學與外在世界的關係時不只一次提到的現世性（worldliness）。對於富有創造力的詩人與作家而言，真正的挑戰主要還是在於如何有效地處理創作與現世之間的關係」。[1]

---

[1] 李有成，《時間》（臺北：書林出版有限公司，2006），頁 17。

　　這幾句話大致總結了我數十年來的文學理念。從很年輕開始，我就相信文學與現世——不論是現實、人生、人的內在或外在世界——之間的密切關係，作家與詩人的重責大任乃在於以他們所認為適當的方式與態度處理這層關係，這就牽涉到文學的美學與政治問題。

　　詩集《時間》出版後不久，張錦忠到加拿大研究；他透過電郵對我越洋訪談。在訪談中張錦忠提到一九六〇年代我開始創作當時馬華文學的現狀，特別是現實主義與現代主義之爭。我的回答甚長，其中有部分文字涉及上述我對文學的基本信念，容我摘錄如下，以便進一步申說：

　　　　我對文學流派沒有意見，問題也不在於寫實主義或現代主義，而在於你寫得好不好。我那時讀到的一些所謂現實主義的作品其實並不寫實。我在漁村長大，是勞動階級的孩子，不勞別人告訴我什麼叫現實，什麼叫生活，我們每天都跟現實掙扎，跟生活搏鬥。文學當然關係到現實人生，我們要問的是：這是什麼樣的關係？作家該如何看待，如何處理這樣的關係？總之，當時我讀到的現實主義的作品能說服我，感動我的並不多，那些作品中的現實和我所了解的現實總有一些距離，而且呈現的手法吸引人的也不多。

　　　　……其實我那些年讀的中文創作大部分是寫實主義的作品。魯迅那數量不多的小說我大部分都讀了，也讀了巴金、茅盾、郭沫若、郁達夫、曹聚仁、葉靈鳳等的若干著作。……我早年的閱讀經驗和文學氛圍是相當寫實主義的，甚至

> 我剛剛學習創作的時候，發表的詩也很寫實，主要取材自我
> 童年時代的漁村生活經驗。我逐步轉向現代詩是因為創作上
> 的需要，我希望能寫出不一樣的東西，原來的創作形式已經
> 無法令我滿意。這種轉變是很自然的事。我不久前重新整理
> 自己的詩作，那些詩不僅寫實，有些還頗具批判性。[2]

這些文字所描述的大致是一九六〇年代當時馬華文學界的整個文學
意識形態環境，用張錦忠在提問時的話說，「六〇年代的馬華文學主
流是寫實主義（其實是社會現實主義）」。[3]這一點是毋庸置疑的；不
僅是主流，在某種程度上甚至形成霸權，宰制了馬華文學界大部分
的文學生產。整個文學的生產場域幾乎為現實主義所壟斷。

　　在這樣的文學意識形態環境之下，任何非現實主義的創作行為
往往會被視為踰越。現代詩的寫作尤其如此。踰越挑戰原來清楚的
畛域，侵犯原來的意識形態環境，使得原先的系統不再穩定。踰越
將會帶來改變，這是任何權力階級所不願意看到也不允許的。

　　馬華現代詩的濫觴當在一九五〇年代末期，當時即有若干詩人
發表了一些在語言、結構，乃至於題旨上堪稱為現代詩的創作。白
垚曾有專文談到當時詩壇的狀況，他把現代詩的出現視為叛逆行為，
現代詩人則為叛逆者。他說：「二十世紀五十年代後期，馬華文壇即
有叛逆者揭竿而起，突破專橫，激發一場影響深遠的反叛文學運動，

---

[2] 李有成、張錦忠，〈過去的時間，不同的空間：李有成答張錦忠越洋電郵訪
談〉，《星洲日報・文藝春秋》，2007年4月22日。

[3] 同上。

到九十年代，叛逆者的形象已無所不在，有詩的地方，就有他的英名。馬華文壇叛逆者的名字，不是個人的名字，而是反叛文學作品共有的名字：『現代詩』。」[4] 白垚所說的叛逆，正是我上文所提到的踰越行為。即使如此，以當時馬華文學界的情形而言，現代詩也只能在主流之外，在邊陲騷擾與戰鬥。現代詩日後的發展，是當時我們許多人所無法想像的。

　　我個人開始寫作現代詩是在一九六〇年代中期以後。就像我在答覆張錦忠的提問時所說的，我最早的創作應該很符合現實主義的美學標準與政治要求。這些詩熱愛土地，歌頌勞動，主要取材自我童年時代的漁村經驗。當時種族政治還不是那麼明顯，至少在我童年的漁村，種族政治不是日常生活的重要成分。我對外在世界的了解相當有限，漁村對外近乎隔絕的生活構成了我早年那些詩作自身俱足的世界。這個世界隨着我的年齡日增，涉世稍深，對外在世界多了一些好奇與了解之後，雖不致於幻滅，但也逐漸產生新的意義。反映在我的創作上，則是我對詩的形式要素——包括語言、結構、節奏等——與關懷的反省。我已經無法滿足於原來的創作形式。我的語言、形式與關懷正在改變，我想尋找不同的詩的語言與形式來負載我的新的關懷，沒有人告訴我這麼做，也沒有人教導我該怎麼做。這是個人在創作的需要與壓力下思考的結果，當時我對一九五〇年代末期馬華文學界正在發生的變化並無所悉，自然也不可能意

---

[4] 白垚，〈林裡分歧的路：反叛文學的抉擇〉，收於《縷雲起於綠草：散文、詩、歌劇文本》（八打靈再也：大夢書房，2007），頁82。

識到這樣的變化與我的創作有何關係。我只是單純地創作——用自己所能掌握的語言與形式去處理自己想要處理的題材。

　　我開始意識到自己的創作可以被稱為現代詩是在加入銀星詩社之後。二〇〇七年七月，新加坡的方桂香為了撰寫有關現代主義的博士論文，曾經函詢我幾個問題。是年八月間我到倫敦短期研究，利用空閒時間回答方桂香函詢的問題。二〇一一年初，黃俊麟籌劃在《星洲日報》的「文藝春秋」版推出我的專號，希望我能撰寫有關早年寫詩與擔任編輯的回憶。我把回答方桂香的文字寄給黃俊麟，經過黃俊麟重新編輯之後，我的回答竟然變成了一篇首尾兼顧的文字，並且以〈一九六〇年代的文學往事〉為題刊出。在這篇回憶文字中，我提到自己與銀星詩社的關係：

> 　　我不記得怎麼會知道有這麼一個叫銀星的詩社的。那時詩社是設在檳城的學友會（《學生周報》轄下的青年學生社團）裡，先是在中路（Jalan Macalister）檳城佛學院附近一間排屋，後來搬到車水路（Jalan Burma）的一間樓房公寓。我去參加詩社的活動，無非是講講詩，辦辦壁報等。銀星詩社的主要成員有喬靜、秋吟、星雲、陳應德等，詩社有一份詩刊，就叫《銀星》，是一份現代詩的刊物，原來還出過單行本的詩刊和詩頁，後來後繼無力，就借《光華日報》的版面出刊，每月半版。那個年代還有這種事，現在大概不可能了。我後來編《銀星》的時候，已經是借《光華日報》的版面出版，而且是最後幾期了。每個月稿子弄齊後，我就負責送到《光華日報》的編輯部給溫梓川先生，畫版、發排

都是溫先生幫忙的。我那時候所寫的當然已是所謂的現代
詩了。[5]

　　銀星之為詩社其實是個相當鬆散、談不上有組織的團體。我記
憶中並無所謂社員的名目，我們參與詩社活動的人從未登記為社員，
既無人要我們登記，也不知要向誰登記。我們也從未繳交社員費。
我從不知道誰是社長，也沒聽說有什麼詩社幹部的結構。詩社的活
動不多，偶爾週末時會舉辦活動，或是討論詩，或是出版壁報，刊
出詩作或發表詩的分析之類的文章。我前面提到的所謂「詩社的主
要成員」其實指的是較常參與詩社活動的幾位，並非嚴格意義的
社員。

　　《銀星》是一份真正楬櫫現代詩的詩刊，只刊登現代詩與現代
詩論。以五十年前的情境而言，喬靜（何殷資）、秋吟（黃運祿）等
所發表的若干詩作在質量上已經頗為可觀。可惜喬靜、秋吟等後來
不再寫詩，這些年來討論馬華現代詩，鮮少有人提到《銀星》，更遑
論探討他們的創作。這是馬華現代詩一個相當重要的失落的環結（the
missing link）。

　　我個人的主要詩作並非發表在《銀星》詩刊上。不過透過詩社
的活動，特別是後來參與詩刊的編務之後，我對詩壇漸漸多了接觸，
也有了些許了解。我除了定期閱讀《學生周報》與《蕉風》之外，也
有機會讀到《海天》、《荒原》等刊物。當時新加坡尚無《聯合早報》，

5　李有成，〈一九六〇年代的文學往事〉，「李有成專號：去國 40 年，詩心未
絕」，《星洲日報・文藝春秋》，2011 年 3 月 13 日，頁 18。

有的是《南洋商報》和《星洲日報》兩份大報，不像現在兩報都在馬來西亞出刊，而且同屬一個媒體集團。新加坡的《南洋商報》與《星洲日報》在文藝副刊方面各有堅持，前者趨向現代主義，後者則力守現實主義立場。我也不記得自己是在什麼機緣之下，讀到在臺灣出版的《星座》詩刊。我發現在文學創作上，有不少人的想法與我相近。一九六〇年代的馬華現代詩人後來還繼續創作，並取得很高成就的大有人在，現代詩史會記錄他們的名字，我就不一一列舉了。因為參與《銀星》詩刊編務的關係，在喬靜、秋吟等人之外，我至今還記得幾個久被大家忽略的詩人名字，像笛宇、畢洛、黃懷雲等。麥留芳（冷燕秋）也是當時已經熟知的名字，要到許多年後，文化人類學家莊英章跟麥留芳提起我是他在中央研究院的同事，我們才再次見面。

　　我早年參與編務的文學刊物都與推動現代文學有關。《銀星》是個起點，而且是個相當重要的起點。《銀星》後來停刊，究竟是因為《光華日報》不再出借版面或者因為我的離去，我現在已經記不起來了。《銀星》既無財力，也無有形的組織，其實有沒有《光華日報》的支持，早晚都要停刊的。這個曇花一現的現代詩刊究竟曾經造成什麼樣的影響，我現在無法評估。這是研究馬華現代詩一個很重要的課題，希望將來有人能夠蒐集完整的《銀星》詩刊，較全面地評論這份現代詩刊的功過得失。《銀星》詩刊的規模雖小，卻讓我累積了一些編輯文學刊物的經驗，對我後來參與《學生周報》與《蕉風》的編務是有幫助的。

　　應該是一九六八年，剛好周喚要離開《學生周報》，姚拓與白垚

兩位希望我到《學生周報》接下周喚的工作。我當時無所事事，就一口答應他們。在這之前的大半年，還發生了一件事。事情是這樣的：不記得當時是在怎麼樣的情境之下，我寫了一篇短文，對現實主義有所批評。短文的詳細內容我已不復記憶，我大概批評了現實主義要求文學為政治服務的主張，同時也對現實主義文學語言的陳腐、形式的俗套、內容的貧乏頗有意見，當然短文最後不免要為現代文學張目。我當時不知天高地厚，只以為自己不過發表了一篇不符文壇主流意識形態——這是我後來才學到的用詞——的短文，殊不知我其實已經踩到某些人的政治紅線。那篇短文立刻受到批判，其猛烈的程度倒是出乎我意料之外。不僅某些堅持現實主義立場的報章雜誌以近乎人海戰術的攻勢對我大加撻伐，許多作者用的都是陌生的筆名，有的更訴諸文革的用詞——當時中國大陸剛爆發文化大革命，馬來西亞其實不乏有人崇拜或嚮往文革的。有的人將我的詩文斷章取義，揶揄嘲諷，斥責我頹廢墮落，是典型的小資——老實說，若一定要論出身不可，我還是根正苗紅的勞動階級。我逐漸感覺到我面對的是一個龐大而有組織的集團，這些人絕不是游兵散勇。事件發展的高潮是某左翼政黨的外圍刊物《浪花》不惜出版專號對我展開批鬥。其實那時候我偶爾也讀《浪花》，對這份刊物的文學與政治立場相當清楚。

　　面對籠天罩地的攻擊，我毫無奧援，只能孤軍作戰。不過我也只是寫了幾篇文字回應，可惜我的手邊並無存稿或剪報，詳細的內容我已毫無記憶了。《浪花》的專號可能是圍剿我的高潮，也許經過觀察，發現我的回應並不熱烈，同時也未見我有任何幫手，顯然我

的背後並無任何集體支援，之後整個事件就漸趨平靜。當時我讀到
的唯一一篇支持我的文章是也寫詩的歸雁（林本法）所寫的，發表
在《馬來亞通報》的副刊上。這個事件也讓我獲得許多教訓。我深
刻感受到集團背後那種排山倒海的鬥爭力量，個人是不容易抵禦的。
這次事件讓我日後比較容易了解中國大陸文革期間眾多文人學者的
遭遇，所幸當時我並非生活在文革正熾的中國大陸。這次事件也讓
我徹底明白，我們彼此之間使用的其實是不同的語言，我關心的是
文學，他們關心的是政治——對他們而言，文學僅只是政治鬥爭的
工具而已。我們的關懷不同，不可能有共同的交集。我可以有自己
的文學主張，但我的文學主張絕對不許妨礙他們的政治議程。這個
教訓非常重要，此後四、五十年，我再也沒有，其實也不願意再涉
足任何文學論戰。這次事件也有個好處：我發現自己的文學知識不
足，從此砥礪自己潛心向學，大量閱讀，我後來在文學理論上尚知
用功不是沒有原因的。

　　一九六八年間，我從檳城南下八打靈再也，開始擔任《學生周
報》的編輯。最初我主要負責與文學有關的版面，如「文藝」、「詩之
頁」等，後來又加上封面的「文藝專題」、「影藝」版。至於參與《學
生周報》編務之後，又如何加入《蕉風》的編輯團隊，我在〈一九六
○年代的文學往事〉一文中有以下的回憶：

　　　　參與周報的編務幾個月後，應該是一九六九年中，不知
　　道為什麼友聯出版社內部工作有了調整，黃崖不再主編《蕉
　　風》。我在友聯時有一段時間經常看到黃崖，他主編《蕉風》
　　時發表過我的作品，不過我們不熟，也沒有機會交談。我倒

是讀了幾本他由高原出版社印行的小說。姚拓、白垚兩位接下《蕉風》編務之後，我也順理成章參與《蕉風》的工作。陳瑞獻也受邀參加，我們幾個人就組成一個編委會，開始《蕉風》的改版工作。《蕉風》那個時候發展已經到了瓶頸，不改版也不行了。姚先生基本上放手給我們做，白垚點子較多，瑞獻除了提供意見外，還要寫稿，邀稿，甚至設計封面、內頁插畫等。我主要負責執行編務，包括選稿、邀稿、校稿與聯繫工作等。因為我手頭上還有《學生周報》，加上《蕉風》的編務，一份是週刊，一份是月刊，所以相當忙碌，創作相對之下就少了很多。[6]

改版後的《蕉風》是許多人都已知道的二〇二期，不僅封面與開本令人耳目一新，內容也整個改頭換面，用今天的話說，是真正的本土化，因為整本《蕉風》所刊登的全是新馬兩地作者的創作。扉頁之後的徵稿啟事是白垚寫的。《蕉風》多年來給人的印象是一份推動現代文學的刊物，不過這則徵稿啟事卻強調《蕉風》是一份不分文學派別的開放性刊物，只問作品好壞，或者是否具有新意。白垚也為改版後的《蕉風》撰寫編後話。在我執行《蕉風》編務的那一段時間內，我的確遵行徵稿啟事的約定，只問作品是否具有創意，許多並不熟悉的年輕作者受到鼓舞，紛紛把作品寄到《蕉風》來。《學生周報》的作者更願意將他們的創作交由《蕉風》發表。因此那一段時間《蕉風》與《學生周報》的作者有不少是重疊的。

---

[6] 同上。

　　值得一提的是，在我參與編務的那一段不算長的時間內，《蕉風》竟推出了詩、小說、戲劇等幾個專號，以當時新馬的文學環境而言，這是很不容易的事。這幾個專號都頗受好評。在當時的文學刊物中，專號其實並不常見，《蕉風》之所以有能力推出這幾個專號，平心而論，陳瑞獻在整個籌劃的過程中扮演了相當吃重的角色。他既要寫稿，譯稿，約稿，還要設計封面、內頁插畫等。當時《蕉風》在文學的譯介方面固然以西方為主，但也多少開始注意新馬兩地馬來文壇的成就。總之，那一段時間相當熱鬧，我們的確盡我們所能，為馬華文學界打開了幾扇窗口。

　　因為參與《學生周報》與《蕉風》編務的關係，那一陣子我跟陳瑞獻函電往來相當頻繁。我和陳瑞獻認交其實早在我來《學生周報》工作之前，那時候我們就有書信來往，我之前就讀過他不少富於現代意識的創作，很有啟發性。當時環繞着陳瑞獻的是一批創作力充沛的年輕詩人，他們以五月出版社為中心，開展具有現代意義的創作空間。這些年輕詩人後來也成為《學生周報》與《蕉風》的基本作者群。

　　在推動現代文學方面，應該一提的一位關鍵性人物是梁明廣。自一九六五年以後，新馬在政治上雖然已經分家，但是在文學創作上──至少在華文文學創作上──並不像在政治上那麼涇渭分明。《學生周報》與《蕉風》月刊固然在馬來西亞出版，照樣可以在新加坡發行。《南洋商報》與《星洲日報》在新聞處理上分別有新加坡版與馬來西亞版，不過在副刊方面新馬是共用一個版本的。梁明廣那時候主編《南洋商報》的「文藝」版。這是一份水準很高的文學副

刊，梁明廣敢於發表一些實驗性的創作，同時還不時譯介西方現代文學作家與作品，的確為相對沉悶的文學環境注入一些朝氣與新意。梁明廣與陳瑞獻是南洋大學現代語文學系的先後期同學，他在主編《南洋商報》的「文藝」版那段時間，陳瑞獻是他背後的主要助力。基本上梁明廣所扮演的是開風氣與推波助瀾的角色，在編文學副刊之餘，他也廣泛為文，大力營造多元開放的文學環境。在《蕉風》的小說專號上，梁明廣發表了他所翻譯的《尤里昔斯》(Ulysses)，只可惜沒有譯完。我要在若干年後讀到喬哀思(James Joyce)的這部巨著，才體會到翻譯《尤里昔斯》的艱苦。

　　一九六○年代中期以後馬華文學界也出現了若干獨立的同仁出版社，設於檳城的犀牛出版社是其中之一。犀牛出版社的創辦雖然與我有一些關係，但是我對出版社後來的營運與發展並無任何貢獻。創辦犀牛出版社其實是相當意外的：

　　　　那時候我已經在《學生周報》工作，有一次回檳城，和檳城一群朋友閒談，大家提議辦一份文學刊物，而且要我就近在吉隆坡向內政部申請出版准證。回八打靈再也後不久，我就著手申請准證，還跑了一、兩趟內政部，說明辦刊物的目的等等。等了好一陣子，准證沒有下來。後來周報方面也有意見；簡單地說，就是利益衝突。我其實從沒向任何人提過辦刊物的事，因為我只是掛名協助申請准證，將來處理出版、編輯等事務勢必是檳城那些朋友的事，我已經忙不過來，也知道我的身分更不適合參與編務。我不清楚周報方面是否受內政部官員所託，希望我打消辦刊物的念頭。總之，為了不

> 讓彼此為難，我就告訴檳城的朋友，申請出版准證的事我沒
> 辦法幫忙了。後來大家決定放棄辦刊物，改設立出版社。於
> 是才有後來的犀牛出版社。[7]

我從未參與犀牛出版社的業務。出版社在印行幾本書之後就無疾而
終，這幾本書包括了兩本現代詩集：我的《鳥及其他》與梅淑貞的
《梅詩集》。

　　一九七〇年八月我離開馬來西亞負笈臺灣，結束我在馬來西亞
的創作與編輯生涯。一九六〇年代的馬華詩壇，詩寫得比我好比我
多的頗不乏人，我只是因緣際會，先後參與了三份推動現代詩不遺
餘力的文學刊物，這樣的經驗卻是其他的詩創作者少有的。張錦忠
曾經戲稱我那一代為馬華文學界的一九六八年代，不僅時間巧合，
那一代在精神上也確實饒富叛逆性，對當時既存的文學典律——如
果也稱得上典律的話——深為不滿，創作現代詩因此被視為是對典
律的挑戰。離開馬來西亞之後我雖然偶有詩作發表，但是已經不再
介入馬華現代詩的活動了。

二

　　就馬華現代詩而言，一九六〇年代仍屬於篳路襤褸的一代，詩
途險阻，文學環境並不友善；在某種意義上，當時許多參與現代詩
活動的人都是踰越者，希望衝破文學有形或無形的藩籬，開拓一個

---

[7] 同上。

較為多元繁複的文學環境，其中是非功過，不應該也不需要由也算是當事人之一的我來置喙。至少到了一九七〇年代以後，創作現代詩已經逐漸蔚為風氣，因此會有白垚相當樂觀的話說：「橫竿擊壤，四野飛聲起草根，都是凱旋的呼叫，現代文學已十路書聲，迎向一個現代的春天。」[8]一九七〇年代之後我已不再參與其事，不過據我的觀察，往後的世代創作現代詩已是理所當然的事，不必再忍受我那一代許多詩創作者不時面對的撻伐與敵意。從這個角度來看，當時推動現代詩的踰越行為其實是隱含解放意義的，要將詩乃至於文學自現實主義的束縛中解放出來。這正是今天講題中所說的詩的政治。

　　這裡所說的政治非關作家詩人在現實生活中的政治信仰或政治立場，因此「與作家介入他們的時代的社會或政治鬥爭無關」；同時也「與作家在他們的著作中再現社會結構、政治運動或某些屬性無關」。[9]按洪希耶（Jacques Rancière）的說法，所謂文學的政治意味着「文學就只是以其作為文學的身分從事政治」，因此我們無須擔憂作家是否應該介入政治或者應該堅持其藝術的純粹性。文學的政治這個用詞暗示，「在政治作為獨特的集體實踐與文學作為清楚定義的書寫藝術的實踐之間存在着某種基本的關聯」。[10]我要引申洪希耶的說

---

[8] 白垚，〈捲土穿山，兼天寫地：反叛文學的凱歌〉，收於《縷雲起於綠草：散文、詩、歌劇文本》（八打靈再也：大夢書房，2007），頁 100-01。

[9] Jacques Rancière, *The Politics of Literature*, trans. Julie Rose (Cambridge: Polity Pr., 2011), p. 3.

[10] Rancière, p. 3.

法指出，文學作為自主的書寫實踐與政治作為集體實踐之間是可以有密切的關係的。這是洪希耶所說的文學的政治性（politicity）。就一九六〇年代的馬華現代詩而言，其政治性即在於現代詩的書寫實踐所帶來的改變，因為自此之後，馬華文學界在詩的創作方面與過去已經不能同日而語，情境不再一樣了。簡單言之，既存的文學典範遭到挑戰，新的典範正在逐漸冒現，最後造成典範轉移，甚至典範興替。

　　典範一詞當然是孔恩（Thomas Kuhn）的用語。孔恩在從事科學史研究時發現，一門學科從前科學（pre-science）期進入成熟科學（mature science）期的過程中，會出現「一組反覆出現的標準範例，展示各種理論在觀念上，在觀察上以及在儀器上的應用。這組範例就是該科學社群的典範，它們出現於教科書中、課堂上及實驗室中」。[11]換言之，典範乃是某一科學社群的成員在從事科學研究時所接受的基本共識，包括基本觀點與研究方法等；依此典範之觀點與研究方法所發展建立的科學乃稱為常態科學（normal science）。常態科學家的工作主要是依典範之設計來解決各種謎題（puzzles），孔恩稱成功解決這些謎題的常態科學家為解謎者（puzzle-solver）。謎題的挑戰正是驅策科學家向前邁進的動力之一。[12]孔恩的論述旨在解釋科學革命的形成，因此其中所涉及的主要還是典範興替的問題。孔

---

[11]　Thomas Kuhn, *The Structure of Scientific Revolutions* (Chicago: Univ. of Chicago Pr., 1970), p. 43.

[12]　Kuhn, pp. 35-37.

恩認為，若依現有的典範規定，雖經科學社群的多方努力，有些謎題也無法獲得解決，在這種情形之下，這樣的謎題就成為典範中的異常現象（anomaly）。一般而言，異常現象對現存的典範不一定會構成威脅或形成危機；相反地，孔恩以為，科學上的發現往往始於科學家對異常現象的覺察，他們覺察到自然違反了典範所作的推論。不過，倘若異常現象已經明顯地質疑現存典範的基本假設，或者說異常現象過多，而無法在現存的典範中獲得解決，同一科學社群的成員因此對現存的典範開始產生懷疑，於是造成典範的危機。為了因應這樣的危機，科學家勢必得修正原有的典範，或者提出新的觀點、新的方法、新的詞彙，向現存的典範挑戰，新的典範即可能因此成形。當新的典範逐漸形成規模，且足以跟原有的典範抗衡時，科學於是進入革命階段。等到典範的興替逐漸形成，舊典範為新典範所取代之後，新的常態科學於焉產生，科學革命才算完成。[13]

　　現代詩的出現彷若馬華文學既存典範中的異常現象，當異常現象發展到一定的規模，威脅到既存典範的穩定性，文學社群裡的成員也會採用新的語言、新的形式、新的視角，質疑與挑戰既有的典範，現存典範既不為文學社群裡的成員所信任，現存典範就會逐漸萎縮、衰微，文學典範就會開始轉移，最後甚至於造成典範興替。在這方面，一九六〇年代的馬華現代詩運動無論如何是有推波助瀾的作用的。

　　現代詩運動所激發的思考與改變也具現了洪希耶所說的文學的

---

[13] Kuhn, *The Structure of Scientific Revolutions*, pp. 52-76.

民主性：寫詩原來可以不必為特定階級、特定意識形態，甚至特定政治議程服務的。寫詩原來可以自由採用任何語言、形式、結構，詩人也可以處理個人或集體的關懷。就領受的一方而言，詩人也不必針對特定階級、特定政治信仰，或特定感性的讀者而創作。詩的空間原來是可以開闊、繁複而多樣的。

洪希耶也提到「文學性」（literarity）這個概念。這是俄國形式主義與結構主義的用語，指的是文學的獨特屬性，在語言的部署方面尤其如此。洪希耶對這一點另有意見。在他看來，「文學性使文學作為一種語言藝術的新形式成為可能，但這並非文學語言的某些特性。任何人都可以擁有語言的那種激進民主反而讓文學性成為可能」。[14] 因此洪希耶認為，民主的文學性（democratic literarity）才是構成文學獨特性的條件；不過這個條件也可能摧毀文學獨特性，因為在這個條件之下，藝術語言與日常生活語言之間的區隔已經不復存在。

我無意在這裡討論文學性的問題。洪希耶所說的民主的文學性其實是民主重於文學性，他考察法國文學的語言如何從高官貴族的語言（言說的語言），在左拉與福樓拜的世代走向平民大眾的語言（書寫的語言）。他認為「文學正是書寫藝術的新建制，在這個新建制裡，作家可以是任何人，讀者也可以是任何人」。[15] 顯然，在新的建制裡，書寫——而非言說——成為文學民主性的指標，他稱之為喋喋不休的緘默主義（garrulous mutism）：以語言為行動者與聲音吵雜的受苦

---

[14]　Rancière, *The Politics of Literature*, p. 13.

[15]　Rancière, *The Politics of Literature*, p. 12.

者之間的區隔不見了，以行動見長者與僅知苟活者之間的區分也形消於無，文學的民主性即在於允許任何作家去掌握這樣的語言，去處理他想處理的任何題材。[16]

　　洪希耶的觀察對我們的討論饒富啟發意義。一九六〇年代的馬華現代詩運動可以說是一場文學的民主化運動，一方面要消除文學的階級劃分，另一方面則要泯除文學的語言畛域，讓文學真正走向自由開放、多元繁複。從這個視角來看，跟某些人的想像與期待大異其趣的是，一九六〇年代的馬華現代詩風潮其實是一場具有解放意義的文學的民主運動。

——二〇一二年六月

† 本文最初以主題演講的形式發表於「馬華現代詩國際學術研討會：時代、典律、本土性」，馬來西亞金寶拉曼大學，二〇一二年七月七日至八日，經修訂後收入李樹枝與辛金順合編，《時代、典律、本土性：馬華現代詩論述》（金寶：拉曼大學中華研究中心，2015），頁 5-20。

---

[16] Rancière, *The Politics of Literature*, p. 13.

在種族政治的陰影下：
論一九六〇年代的大山腳詩

在盲黑的寒冷中

一點燭火　流不盡歷史的

悲哀

　　　　——陳政欣,〈燭〉

一

　　討論大山腳的文學,陳政欣的《文學的武吉》恐怕是一本無法不提的書——至少這本書是個適當的討論起點。眾所周知,書名中的武吉指的就是大山腳。作者在書的〈代序〉中說,他要「用文學的韻律與想像來書寫」,因此,「虛擬,幻想魔幻再加虛構與推理,把武吉推到遠方飄渺處,用上千多字,再文學構思,就這樣寫武吉」。[1] 換

---

[1] 陳政欣,《文學的武吉》(八打靈再也：有人出版社),頁 14。

句話說，在陳政欣的構想中，武吉——或大山腳——是文學的建構，有虛有實，而在虛實之間，他以講古的方式敘述武吉的前生今世，既有武吉的歷史掌故，也有武吉的文學、風水、街道、人物及傳說，《文學的武吉》因此是一本包羅萬象，嘗試以一篇篇文字，從不同面向為武吉作傳的書。陳政欣甚至以武吉取代華人所熟知的名稱大山腳，似乎有意透過陌生化（defamiliarization）的過程，讓讀者重新認識這個馬來半島北部的市鎮，儘管「『大山腳』是屬於華文社會的，甚至報章媒體都得接受這事實，就連中國出版的世界地圖，也沒有『武吉』而有『大山腳』的地名」。[2]

　　《武吉的文學》第二輯題為「武吉文學」，顧名思義，寫的是大山腳的文學，尤其是幾位廣為人知的詩人與作家，其中又以詩人居多。陳政欣在這一輯中提到的詩人就有王葛、蕭艾、憂草、艾文（北藍羚）、沙河、陳強華、方路、邱琲鈞等，此外尚有舊體詩詩人藍田玉。而在辛金順主編的《母音階：大山腳作家文學作品選集，1957-2016》一書中，還要加上陳政欣不曾提及的詩人如楊劍寒、張光達、吳龍川、張瑋栩、鄭田靖等。當然，陳政欣也沒有提到他自己——其實一九六〇年代中期他初履文壇時即以綠浪的筆名寫詩。若論大山腳文學，詩的質量頗為可觀，建樹不小，其數量甚至可能在其他文類之上。

　　辛金順在《母音階》一書的序文中，對大山腳的寫作者有這樣的期待：「從原鄉出發的創作，當然不能止於原鄉，而是要走得更遠、

---

[2] 陳政欣，《文學的武吉》，頁 22-23。

更長，更久的路途。如此，才能走出一條寬大和長遠的路來」。[3] 這
樣的期許顯然必須建立在對過去的了解上；換言之，這是一個文學
史的問題，檢視過去的文學遺產，清理這些遺產的面貌與歷史意義，
或許有助於了解這些遺產的當代意義，鑑往知來，對未來的創作走
向容或會有若干啟發價值。在以下的討論中，我的主要關懷是大山
腳的詩創作，尤其是一九六○年代若干詩人的作品。我將舉例討論
這些詩的生產背景，並以跨越時代閱讀的方式探討這些詩的當代意
義。在一個瀰漫着政治悲觀主義的年代，我希望以淑世批評的視角
重新進入這些詩所建構的世界。

二

　　我想就以蕭艾的〈在武吉馬達讓中〉一詩開始我的討論。詩題
中的武吉馬達讓即大山腳，馬來文作 Bukit Mertajam，此詩收入一九
六三年出版的詩集《思慕的時刻》，不過詩的初稿完成於一九五九年
十一月，距馬來亞脫離英國獨立僅兩年多。詩分兩組，四行一節，
相當規律，而且敘事與抒情兼具，惟敘事主要還是為了替抒情鋪路。
第一組詩題為「沙烈」，乃詩中主角馬來青年的名字。沙烈以打獵為
生，不僅如此，他「帶領年青的一群／把武吉馬達讓／當作自己的

---

[3] 辛金順，〈從在地出發：看見大山腳〉，收入辛金順編，《母音階：大山腳作家
文學作品選集，1957-2016》（八打靈再也：有人出版社，2017），頁 12。

母親」。[4]沙烈熱愛生活，努力工作，因此，「有一次大家問他／誰是國家真正的公民／他平靜地回答──／要讓工作來決定」。[5]在沙烈心目中，顯然只有全心奉獻、埋首工作的人才配當「國家真正的公民」。「公民」這個概念當然來自國家的獨立，等於國家的主人翁，被殖民者並非法理上的公民。蕭艾寫作這首詩時，公民還是一個新鮮的概念；而馬來青年沙烈對公民這個概念的界定非常簡單：「要讓工作來決定」。

第二組詩題為「哈瑪」，原來這是沙烈父親的名字。這組詩所敘並不複雜，詩人主要藉獵人哈瑪觀察兒子沙烈的行為，表達獨立建國後對理想社會與美好生活的嚮往：

> 犬吠聲中馬來獵手哈瑪
>
> 望着孩子沙烈走下了山徑
>
> 帶領着華印青年
>
> 歡樂揉亮了眼睛
>
> ……
>
> 誰說風俗語言不同
>
> 華巫印水火不親？
>
> 何必再為過去嘆息呢？
>
> 及時看到了親誠友愛的日子降臨

4　蕭艾，《思慕的時刻》（八打靈再也：黎明文學社，1963），頁77-78。

5　蕭艾，《思慕的時刻》，頁78-79。

當他想起孩子的話

不覺地手撫着愛犬

——為了共同理想而工作

我們互助，我們相親相敬[6]

這些詩行明朗易懂，在一九六〇年代的馬華文學環境中，輕易會被納為現實主義的作品。不過如果我們認真細讀，這些詩行其實浪漫多於寫實，其所勾勒的是未來願景多於當下現實，透露的是詩人對多元種族與多元文化社會的美麗想像。他所描繪的很可能也是當時新近擺脫英國殖民統治，以為從此可以當家作主的人對國家未來的美好憧憬。

　　正如陳政欣所指出的，〈在武吉馬達讓中〉一詩的主旋律「意味深長，是那個時代的國家精神特徵」。[7]陳政欣所說的「那個時代」正是馬來亞獨立之初，馬來西亞尚未成立，一九六九年五月十三日的種族暴動仍無法想像，新經濟政策還不存在，種族政治更未籠天罩地、無所不在的時代。再用陳政欣的話說，「那時的政治氣氛與理想，可不是目前我們的政治意識可以比擬的」。[8]陳政欣的讀法正是我在前文提到的跨越時代的讀法。從蕭艾創作〈在武吉馬達讓中〉的一九五〇年代末期到今天，短短一甲子時間，在眼前的政治悲觀

---

[6]　蕭艾，《思慕的時刻》，頁79-80。

[7]　陳政欣，《文學的武吉》，頁109。

[8]　陳政欣，《文學的武吉》，頁109。

主義的觀照下，當年的美好夢想顯然產生了不同的意義。

歐大旭（Tash Aw）的首部小說《和諧絲莊》（*The Harmony Silk Factory*）中有這麼一幕，敘述的大抵就是這裡所說的政治悲觀主義。小說主角之一的雅斯培（Jasper）在一家咖啡店裡從電視觀看獨立紀念日的慶祝活動，他回想一九五七年的馬來亞獨立日，在電視上目睹當時開國首相東姑阿都拉曼如何在慶典中領導群眾三呼「默迪卡」（"Merdeka"，「獨立」之意），歐大旭藉由雅斯培的話這樣批判馬來西亞的現狀：「獨立。自由。新生活。那就是這個字對我們的意義。雖然自那些年之後，我們對我們國家諸多天真的夢想已經死去，被我們自己毒發的野心窒息而死，但我們所感受的一切永遠絲毫無損」。[9]歐大旭筆下的政治悲觀主義不言而喻，對照蕭艾詩中那種樂觀嚮往的精神，不難看出在當前的政治情勢下，〈在武吉馬達讓中〉一詩可能的反諷意義。

〈在武吉馬達讓中〉一詩的題目雖然明指大山腳，但是其敘事背景並非一定發生在大山腳不可。蕭艾在詩的附註中指武吉馬達讓為大山腳「境內的山」，[10]不過除詩題外，詩中並無一字提到武吉馬達讓。擺在隱喻的層面，武吉馬達讓可以是馬來半島任何覆蓋着山林的地方。放大來看，詩中所歌頌的種族多元，彼此合作無間——「親誠友愛」、「相親相敬」——的理想世界，在國家獨立之初也很可能是許多公民的共同願望。無奈在獨厚單一種族的新經濟政策之

---

[9]　Tash Aw, *The Harmony Silk Factory* (London: Harper Perennial, 2005), p. 89.

[10]　蕭艾，《思慕的時刻》，頁 81。

下，這個理想世界已經走向崩解與幻滅。

　　本文一開始我特意以較多的篇幅析論蕭艾的〈在武吉馬達讓中〉一詩不是沒有原因的。不僅這首詩以武吉馬達讓／大山腳為敘事背景，具有清楚的在地意識，更重要的是，這首詩所處理的是一九六〇年代蕭艾許多作品中永恆復現的重要主題。這個主題在當時的馬華文壇恐怕也具有相當普遍的意義。譬如蕭艾詩集《思慕的時刻》中的〈一朵不謝的花〉、〈八月〉、〈來自新村的鄉親〉、〈思慕的時刻〉、〈他們〉、〈月圓的夜上〉等詩；以及同一年出版的另一部詩集《比鮮花更美》裡的〈序詩〉、〈一個馬來軍人〉、〈阿旺的心思〉、〈英雄的山城〉、〈送別〉、〈我們是墾荒者〉、〈八月之晨〉等等無不與類似的主題有關。就以詩集《比鮮花更美》中的〈阿旺的心思〉一詩為例，這個各族團結合作、追求美好生活的主題更是直接明白：

> 來自各地的青年
>
> 當我們第一次握手
>
> 祖國在我心上叮囑：
>
> 「這是你的兄弟。」
>
> 馬來亞建國的歷史
>
> 告訴了我什麼？
>
> 呵，黃皮膚和黑皮膚的
>
> 我們是一家人[11]

---

[11] 蕭艾，《比鮮花更美》（八打靈再也：黎明文學社，1963），頁50。

在蕭艾這些寫於一九六○年代前後的詩中，土地、陽光、汗水、鮮花、大海、山林、稻田等等是經常可見的意象，這些意象所負載的直接或間接與詩人刻意經營的主題密切相關。

一九七七年，蕭艾出版其詩集《當一顆心在跳》，比起一九六三年出版的上述兩本詩集，這本詩集在語言上明顯地較為成熟，形式與題材也較為多元繁複。不過即使經歷了五一三事件，同時在雷厲風行的新經濟政策之下，國家正逐漸深陷種族政治的泥淖，詩人之前的信念似乎並未動搖；他仍然一本初衷，對國家的未來依然抱持着樂觀的盼望。譬如在〈我們——由人力動員令寫起〉一詩，一開頭詩人就表明：「我們選擇的是路向／向祖國輝煌的理想」。他接着這樣呼籲：

> 讓腳步跨過藩籬
>
> 跨過階級
>
> 且打破一切偶像
>
> 讓每一個國民驕傲於
>
> 頭上的屋瓦
>
> 腳下的土地
>
> 讓各種各色的花
>
> 在這裡野餐
>
> 讓傳統和現代
>
> 讓自然和文明
>
> 讓和平和科技

攜手而行[12]

三

蕭艾這幾本詩集除了擘劃國家獨立後的美麗新世界外，並無一語觸及獨立前的英國殖民統治，更遑論獨立過程中不同形式與階段的政治鬥爭。這些並不是蕭艾詩中的關懷。即使如此，獨立建國與反殖民運動其實是一體的兩面，或者說，獨立建國是反殖民鬥爭的結果。從這個角度看，蕭艾詩集中的若干詩作也可被視為二戰之後風起雲湧的反殖民運動的產物。這些詩所透露的，是擺脫殖民統治的桎梏之後，人民渴望當家作主，實現建國理想的集體願望。只有擺在這樣較為寬廣的歷史脈絡中，也許才會在直接明顯的意義之外，賦予這些詩更多的歷史聯想。這種迂迴的後殖民讀法有意將這些產生於大山腳小鎮的詩創作帶進世界歷史的時空，遙相呼應二戰後眾多反殖民、去殖民或後殖民的文學生產。這樣的世界化（worlding）過程有助於把文學創作連接上「抒情詩小我之外的世界」。[13]

在憂草出版於一九六二年的詩集《我的短歌》中，有一首〈當別離就別離〉，相當具體地表現了這種連接世界的世界化（worlding the world）精神。詩分四節，每節四行，這種形式在一九六〇年代的

---

[12]　蕭艾，《當一顆心在跳》（居林：海天出版社，1977），頁 31。

[13]　Rob Wilson, "Afterword: Worlding as Future Tactic," in Rob Wilson and Christopher Leigh Connery, eds., *The Worlding Project: Doing Cultural Studies in the Era of Globalization* (Santa Cruz: New Pacific Pr., 2007), p. 213.

馬華詩壇風行一時。詩中說話人在與伙伴揮手告別之際,詩人以常
見的象徵手法表示天空「烏雲聚滿要化雨」,最後兩節則在抒寫說話
人的抉擇、決心與期望:

> 今天是別離的日子,
> 我向着大路走去,
> 轉入小徑,
> 到貧瘠的農村居住。

> 不要流淚,不要憂戚,
> 只要心聯結在一起,
> 親愛的,圓的是地球。
> 東西終歸要連結在一起。[14]

在這兩節引詩中,第一節詩中說話人毅然決然走向農村是當時馬華
新詩相當普遍的母題,在憂草的作品中這種選擇還具有強烈的城鄉
對比,甚或是二元對立——城市代表虛偽與墮落,農村則象徵純樸
與新生。在詩集《我的短歌》中這樣的刻劃所見多是,像〈在那山芭
地方〉、〈欄〉、〈我歌唱自己〉等詩無不充斥着這種上山下鄉的實例。
這樣的對比其實也隱含階級差異或矛盾,譬如〈欄〉一詩最後一節
以欄內欄外的生活對比刻意凸顯階級矛盾:

> 欄是一線鮮明的界限,
> 歡樂笙歌徹夜瀰漫在裡邊,

---

[14] 憂草,《我的短歌》(香港:藝美圖書公司,1962),頁3。

　　　　夏日黃昏，有人在陽台欣賞，

　　　　欄外的人們掙扎在生活深淵。[15]

當然這裡並未狀寫農村生活，但在憂草與其同時代詩人的作品中，勞動是農村典型的生活形態，這裡把詩人所描述的欄外生活比擬為農村生活應無不可。

　　〈當別離就別離〉一詩最後一節強調「圓的是地球」當然不只是事實的陳述，在象徵意義上表示人類是一體的，各國是平等的，地球為全人類所共有。這種世界化的概念與近二、三十年來廣為大家所知的全球化稍有不同。全球化主張地球是平的，是新自由主義經濟的產物。詩最後一句是對世界和平的期許：「東西終歸要連結在一起」。憂草寫作〈當別離就別離〉一詩時的一九六〇年代，韓戰結束不到十年，東西方冷戰正值高峰，在歐洲有北大西洋公約國家與華沙公約集團的對峙；在亞洲則有美國的越南戰爭，美國為執行其圍堵共產主義的政策，更自南韓，經日本，至臺灣與菲律賓廣建基地，形成一條防衛鏈，包圍亞洲大陸東部，保衛太平洋中美國的島嶼國土與美國西岸。在這樣的背景下，詩人對東西方和解的希望固然顯得有些滿腔熱血，一廂情願，卻也頗為令人動容。一九八九年，隨着柏林圍牆崩塌，蘇聯分裂，東歐集團解體，加上歐盟東擴，形式上東西冷戰結束，只不過在亞洲，雖然有中國大陸的改革開放，高麗半島卻核化危機未除，南海風雲再起，六十年後的今天重讀憂草的詩句，能不讓人唏噓！

---

[15]　憂草，《我的短歌》，頁26。

　　不過在詩集《我的短歌》裡，最具有世界化精神的應屬〈我夢裡有一個夢〉這首八行短詩：

> 我夢裡有一個夢，
>
> 夢見世界的大同，
>
> 全世界是一個大國，
>
> 全世界的人居住其中。
>
> 共有的土地，共有的權力，
>
> 黃種的、白種的和黑色膚的兄弟，
>
> 生活在一起，平等的法律
>
> 愛驅除了人與人之間的距離！[16]

詩一開頭所召喚的是〈禮運大同篇〉的烏托邦夢想，同時也讓我們聯想到美國金恩牧師（Rev. Martin Luther King, Jr.）〈我有一個夢〉（"I Have a Dream"）的著名演說。這兩篇互文（intertexts）相當重要，等於為這首詩的主題定調。正如詩中所寄託的，這是說話人夢中之夢，並不存在於——至少尚未存在於——現實中。這個夢其實也是個世界化的計畫，描述的是個殖民主義終結，帝國強權崩解，不同民族獲得解放，人類的愛成為種族之間平等相待、和平共處的基礎。從事世界化研究的威雷伯（Rob Wilson）說過，世界化可以「成為後殖民結果一個主動而值得警惕的過程」。[17]證諸憂草這首〈我夢裡有一個夢〉，信然。只是將近六十年後，倘若以跨越時代的視野重讀這首

---

[16]　憂草，《我的短歌》，頁34。

[17]　Wilson, "Afterword: Worlding as Future Tactic," p. 212.

詩，不僅在馬來西亞，甚至在世界許多區域，當政治悲觀主義成為普遍現象時，這樣的一個夢只能說是個諷喻而已。我稱之為烏托邦夢想，應該殆無疑義。

跟蕭艾一樣，在國家獨立之初，憂草也在他充滿浪漫主義色彩的長詩〈我歌唱自己〉中熱情地謳歌這片新興國土：

> 這是一個芬馥可愛的國土，
>
> 八月花開叢叢像火爐，
>
> 血紅的顏色燃燒着心靈，
>
> 呵！我深愛這片國土！
>
> 我們長在這裡，呼吸着它的空氣，
>
> 死也要葬這裡，吻着沃沃的黑泥。[18]

八月是馬來亞獨立的月份，血紅色的花當然是指木槿花，或俗稱大紅花的馬來亞國花。詩人毫無保留地宣誓他如何生死相許，深愛着這片「芬馥可愛的國土」。只是就像我在析論蕭艾的〈在武吉馬達讓中〉一詩中所指出的，在當下種族政治的嚴重操弄下，公義不彰，當權者缺乏追求公平社會的意志與理想，政治悲觀主義充斥，重讀憂草的詩，不禁令人內心悵然。

與蕭艾和憂草同時代的大山腳詩人當中，北藍羚——即後來的艾文——比較少處理上文提到的與集體命運相關的議題。譬如在詩集《路・趕路》中有一首〈八月，雨中〉，詩中的八月與舉國歡騰的國家獨立日毫無關係，北藍羚不寫大我，反而專注於經營其小我世

---

[18] 憂草，《我的短歌》，頁47。

界，或者他在詩中所說的「小千世界」，結果我們讀到的是一首輕盈可喜的三節八行的短詩。[19]北藍羚擅長處理愛情、親情與友情等主題，形諸於詩，語言較為含蓄，感情也相對抑制。寫人倫親情的那幾首詩——如〈滿月酒〉、〈姆嬤・童年〉、〈父母心〉、〈寫在祖父的週年祭〉等——就頗為簡樸自然。只有幾首屬於自我砥礪的詩，多少可以看出詩人如何有意走出個人的感情世界，面對生活的無情挑戰。〈路〉一詩即以略帶象徵的手法抒發詩人對外在世界的不滿與反抗。詩分四節，每節三行；首二節敘述路如何「永遠是沉默地躺着」，而且「從小要忍受人的折磨／從小要被人殘（踐）踏」：

> 但是，你是倔強的土地的兒子
> 且看千萬年來，你依然躺着
> 而那些輕視你的人卻都倒下去
>
> 你是路，你是真理
> 你以沉默回答一切的蔑視[20]

這裡把路喻為「土地的兒子」，在一九六〇年代的馬華新詩中，詩人以土地的兒子自喻是常有的事，因此將這首〈路〉視為一首自況詩應無不可，路只是詩人的自喻。換另一個角度看，自喻為土地的兒子不僅表示對土地的認同，更且自認為是土地不可剝奪的一部分——即土地所生養的一部分。今天倘若有人否定兒子對土地的認同，

---

[19]　北藍羚，《路・趕路》（居林：海天出版社，1967），頁 15。
[20]　北藍羚，《路・趕路》，頁 33。

甚至排斥土地為兒子所有，我們要如何理解像〈路〉這樣的一首詩？

　　北藍羚後來改換筆名，以艾文繼續創作，他日後詩風大變，選擇走向現代詩，這種改變在詩集《路‧趕路》中其實已經有理路可尋。北藍羚在語言、形式及題材的選擇方面，較之蕭艾和憂草，顯然大為不同。〈路〉一詩強調「忍受人的折磨」，一九七三年的《艾文詩》中有一首〈苦難〉，在題旨上卻完全大異其趣。〈苦難〉不長，寫於一九七三年，收入《艾文詩》中成為詩集的第一首：

　　　站起來說話
　　　聲音
　　　仍然藐小

　　　只是一丁點
　　　在黑暗
　　　更不容易瞧見

　　　　縱然
　　　　土地如此廣大
　　　　我們拖着的
　　　　沒有完結
　　　　好像還在擴大
　　　　　腐爛[21]

---

[21]　艾文，《艾文詩》（美農：棕櫚出版社，1973），頁 1。

〈路〉一詩結束時特意說明要「以沉默回答一切的蔑視」，整首詩甚至以「沉默」開始，也以「沉默」結束。約十年後，到了〈苦難〉一詩，我們至少看到詩中說話人「站起來說話」，發出抗議的聲音，儘管這個聲音「仍然藐小」，而且站起來的人「在黑暗／更不容易瞧見」。相對於上文所討論的其他作品，〈苦難〉一詩稍稍顯得隱晦，結構簡單，語言遮掩、簡略，就形式的意識形態而言，確實如詩中說話人所說的，這樣的聲音微弱無比。等我們弄清楚了「站起來說話」的目的，了解了聲音的內容之後，我們才看到觸目心驚的一幕：「土地如此廣大」，卻「沒有完結／好像還在擴大／腐爛」。艾文此詩中的土地顯然已不再是蕭艾與憂草筆下的土地，後兩人詩中生機蓬勃、充滿希望的土地，到了艾文詩中已經腐爛不堪，而且情況還要不斷擴大與惡化，似乎沒有終期。艾文創作〈苦難〉一詩時，五一三事件剛發生不久，新經濟政策已經開始上路，種族政治逐漸深化；今天社會上所瀰漫的政治悲觀主義實肇源於五一三事件後這一連串的政治措施。艾文的〈苦難〉是當時難得一見的具有批判意義的一首詩，如今跨越時代重讀這首詩，不難發現〈苦難〉一詩的預言價值：一個夢想的毀破，一個樂園的消失，乃至於一個烏托邦的幻滅。

四

　　我對蕭艾、憂草及艾文等人若干作品的詮釋一方面出於歷史化的原則，要把這些作品帶回到創作當時的歷史時空，白居易在〈與元九書〉中所說的「文章合為時而著，歌詩合為事而作」，指的就是

這個道理。另一方面我也嘗試將這些作品以跨越時代的方式，帶到當下的時空現場，企圖挖掘這些作品可能潛藏的當代意義。這是我們在處理世界文學（world literature）這個概念時常用的方法，也就是在閱讀文學作品的當下作跨越時代的連接。[22]世界化的概念也方便我將這些詩帶離大山腳小鎮，與世界的其他時空接軌，以凸顯這些作品在原先脈絡外可能的意義。

　　整體而言，我在理論上取法我所謂的淑世批評，相信任何文本在文本性（textuality）之外，其實另有天地。這個天地正好建基於上述白居易〈與元九書〉中對詩文創作所賴的活水源頭，更複雜一點的是薩依德（Edward W. Said）所說的文學的現世性（worldliness）。薩依德在他的《世界、文本與批評家》（*The World, the Text, and the Critic*）的導論中開宗明義指出：「我的立場是，文本都是現世的，在某種程度上，文本甚至是事件，雖然文本看似否認這個事實，但是文本是世事、人生，以及它們所置身與被詮釋的歷史時刻的一部分」。[23]我對一九六〇年代大山腳幾位詩人若干作品的解讀無疑契合了薩依德的信念；再用他的話說，我的詮釋見證了「文本與人生、政治、社會及事件之間存在事實的關連」。[24]就如薩依德所言，淑世批評是一種介入型（engaged）的批評，其所隱含的批評意識正好凸

---

[22] 有關世界文學概念較簡要的討論，請參考 David Damrosch, *How to Read World Literature*, 2nd ed. (Oxford and New York: Wiley-Blackwell, 2008)。

[23] Edward W. Said, *The World, the Text and the Critic* (Cambridge, MA: Harvard Univ. Pr., 1983), p. 4.

[24] Said, *The World, the Text and the Critic*, p. 5.

顯了我在閱讀這些作品的過程中遭遇的最大挑戰：如何在平靜無波的海面下看到暗潮洶湧？對我而言，在當前種族政治的氛圍下重讀這些詩，我發現這些詩顯然沒說的要比說的來得多。就像薩依德所一再強調的，文本應屬事件，批評何嘗不是事件？

————二〇一八年三月四日於臺北

† 本文原題〈論一九六〇年代的大山腳詩〉，最初以主題演講的形式發表於「大山腳文學國際學術研討會」，馬來西亞大山腳日新中學，二〇一八年三月十日至十一日；之後復以〈在種族政治下閱讀馬華文學〉為題，發表於「異代新聲：馬華文學與文化研究生國際研討會」，臺灣國立臺灣大學中文系與國立中山大學人文研究中心主辦，二〇一八年三月二十四日至二十五日。

傷悼：讀辛金順的詩集《注音》

一

　　動筆寫這篇文字時，以色列與巴勒斯坦之間又發生軍事衝突。從二〇一二年十一月十四日至十一月二十一日，大約一週時間，以色列對迦薩走廊發動了不下於一千五百架次的空中攻擊，巴勒斯坦的哈馬斯組織則對以色列發射了四百多枚火箭與短程飛彈。這一次以巴衝突至少造成一百六十餘位巴勒斯坦人死亡，而以色列死亡者共五人。

　　六十多年來，以巴之間的仇恨越結越深，至今無解。我提到這段戰爭插曲，主要想藉以談談辛金順的反戰詩。《注音》這本詩集收有辛金順的反戰詩五首，這五首詩之前即曾收入詩集《記憶書冊》（二〇一〇）。在這五首詩中，三首寫伊拉克戰爭，一首寫巴勒斯坦，另一首則與車臣戰爭有關。辛金順的反戰詩富於敘事性，且多半受新聞事件啟發。〈塔嘉卡獨白〉一詩所敘即是芳齡二十的巴勒斯坦少

女塔嘉卡（Andaleeb Taqatqa）在家園為以軍所毀、父兄為以軍所捕之後，於二○○二年四月十二日以自殺炸彈攻擊耶路撒冷市場的事件。這首詩間接寫戰爭的暴虐，一個少女平凡卑微的夢想就因殘酷的戰爭而告粉碎。因戰火而淪為一無所有之後，塔嘉卡只能：

> 在廢墟裡逃亡，在淚水中
> 把災難和仇恨
>
> 養大成一顆炸彈，然後
> 用身體
> 向戰爭的歷史
> 狠狠引爆……

這幾句引詩也具體而微點出了「災難和仇恨」其實才是恐怖主義的根源，並不是任何宗教教義。這是以美國為首的西方世界始終不肯也不敢面對的事實。

　　另一首〈反美學〉則是以伊拉克戰爭為背景，描述美軍在伊拉克所進行的一場後現代戰爭。在電玩遊戲中長大的新一代美國士兵將戰爭任天堂化，於是我們看到：

> 殺戮戰場上幾十萬難民張口的嘴，卻
> 沒有聲音，只有一切唯美的瞄準，射擊
> 不斷的射擊，讓子彈瘋狂吶喊

從美軍的角度看，這場戰事彷如虛擬遊戲，在遊戲結束時，「沒有流血，沒有死亡，沒有苦難／世界如此快樂、美好和安詳」。〈反美學〉一詩以戲謔的手法刻劃伊拉克戰爭的虛擬情境，可以為波西亞（Jean

Baudrillard）在《波斯灣戰爭並未發生》（*The Gulf War Did Not Take Place*）一書中所痛陳的後現代戰爭作註解。尤其透過各種媒體中介之後，波西亞認為，我們實際上看到的是戰爭的擬像（simulacra），而非戰爭本身，因為在媒體的催眠操弄之下，戰爭的指涉已經被消解，隨後在符號系統中復活，我們眼見的是符號的繁衍、複製、散佈及消費。周蕾（Rey Chow）後來在《世界標靶的時代：戰爭、理論與比較研究中的自我指涉》（*The Age of the World Target: Self-Referentiality in War, Theory, and Comparative Work*）一書中一語道破這種虛擬的非真實性：

> 一旦戰爭真的爆發，全面虛擬化的日常生活意味着打仗再也少不了電玩密技，一九九一年與二○○三年的兩次波斯灣戰爭即為明證。空襲伊拉克期間，具有虛擬世界的優勢與否就將世界分成上下兩半。上方的空戰，由青少年時期就常在家打電玩的美國大兵在電子螢幕前操作攻略；而下方的戰爭，仍與身體、黑手勞動及從天而降的意外之災密不可分。對美國男女參戰人員而言，菁英主義與全景視境的逞強好戰，跟遠端遙控和瞬間摧毀他者的行動是密不可分的；對伊拉克男男女女與兒童而言，生命則愈來愈岌岌可危（正如一九五○年代與一九六○年代的韓國與越南平民），微不足道，意味著隨時面臨徹底毀滅的威脅。（據陳衍秀的譯文稍加修飾）

周蕾不僅指出美式虛擬戰爭強凌弱的一面，在美軍強大而不受節制的武力之下，弱勢者的生命毫無保障；同時還提醒世人美國如何一再介入亞洲的戰爭。辛金順在〈反美學〉一詩結束時也同樣告

訴我們，美國的戰爭如何像電動遊戲那樣，周而復始地發生在亞洲許多國家的土地上：

　　（遊戲存檔，遊戲重來，並請輸入：

　　越南、北韓、阿富汗、伊拉克、伊朗⋯⋯）

　　辛金順這些反戰詩其實也是輓詩——為卑微的生命傷悼。這些生命沒有紀念碑，沒有哀悼辭，沒有人會誦念他們的名字。傷悼是對這些苦難生命的認同。

<h1 style="text-align:center">二</h1>

　　讀白居易〈與元九書〉，我們除了對樂天「常痛詩道崩壞，忽忽憤發，或廢食輟寢，不量才力，欲扶起之」的壯懷大志動容之外，多半還會注意到樂天所揭櫫的文學信念：「文章合為時而著，歌詩合為事而作」。辛金順上述的反戰詩，在精神上與樂天的理念倒是若合符節的。詩集《注音》中大部分的詩其實都可作如是觀。

　　例如卷首詩的〈注音〉。這首詩的說話人夾在注音符號與漢語拼音——還有繁體字與簡體字——之間，感歎自己的「一生，都在別人的語言裡」，找不到自己的身分：

　　因此ㄨㄛˇ是我嗎？或是WO3，國語和

　　普通話，在牙齒與牙齒彼此撞擊的震顫

　　之間，我會從你的身影中走出來嗎？

這首詩論證語言與身分認同的關係，擺在馬來西亞華社的脈絡裡別具意義。華社的普遍認知當然與詩中說話人者不盡相同，惟視語言

為身分認同的重要指涉則不分軒輊。辛金順曾經在詩集《說話》的序言〈在注音符號與漢語拼音之間〉中敘述他如何游移在中文這兩種語音系統之間。在留學臺灣期間，他「隱匿於繁體中文的書寫中，想像着文字背後的象徵，一種救贖的靈光；甚至想像着自己詩筆下的每一筆畫，都能構劃出天地的大氣，山島竦峙，洪波湧起，日月其中，百神隨行。」這一段話當然賦予繁體中文濃烈的神話色彩，倉頡造字，鬼哭神號，此其謂也。不過寒暑假時一旦回到馬來半島，電腦鍵盤上的整個符號系統完全「退回到拼音符號的世界，『故我』也被召喚出來，在 shī 和 shǐ 之間，或在 sī 與 sì 之間，重新複習一種降靈術，並讓『詩』和『史』回到它們原來的秩序，也讓『思』與『寺』在記憶重組中，找到了屬於夢的歸屬。」因此，辛金順深刻體會到，「雲山漠漠，繁華如夢，故鄉與他鄉，亦在拼音與注音符號的轉換中，成為彼此互相錯置的夢境。」

　　以上的引文可以用來註釋〈注音〉一詩的重要關懷。從注音符號與漢語拼音的夾縫中掙扎走出來之後，說話人堅持「說自己要說的話」：

　　　　我的舌頭靜靜學會瘖啞，聽母性的語言從

　　　　菜市場回來，沾滿塵垢的音調，脫掉ㄓㄔㄕㄖ

　　　　ㄗㄘㄙ，以乾爽的音節，說起青春的亮光

說話人這裡所說的「母性的語言」，正是〈母語〉一詩開頭所說的：

　　　　母親常常彎腰，跪成

　　　　駝背的陰影

　　　　餵養我躲在子宮裡的

語言

對說話人而言，不論注音符號或是漢語拼音所拼出來的中文都是經過中介的語言，終究還不是母親在懷胎期即餵養的語言。辛金順對語言的問題似乎特別敏感，不只一次以詩文抒寫他的語言經驗，在散文集《月光照不回的路》（2008）中，卷首長文〈破碎的話語〉就是敘述他人生不同階段所體驗的語言現象，語多省思；另外，詩集《說話》（2011）中的組詩〈說話〉也以略帶嬉戲的語調賦予他的語言經驗文化與政治意義。這些詩文都可以印證他在〈注音〉與〈母語〉二詩中所要抒發的胸臆。

　　辛金順對語言用心至深，不僅語言在特定的時空脈絡下肩負着不同的政治與文化意義，語言更是詩的根本。讀詩，毋寧最先經驗的是語言的物質性（音、形、韻、節奏等等），並非直指語言的意義，詩的語言因此必須擺脫日常實用語言的因循與陳腐。辛金順在〈詩的隱喻〉（見《月光照不回的路》）中說，「詩無技藝一直是我的理想，讓它掙脫作者意識面的設計與操縱；讓它跨出批評者的眼線與視域，讓它神出神入自由自在。」這樣的境界已經近乎《莊子・外物篇》所說的「得意而忘言」，語言存而不論，在出入之間不必役於意義或意識，詩人無異於成為語言的祭師，就像〈詩說〉組詩第一首〈在詩人節寫詩，會想到甚麼？〉所描述的：

　　　我的文字即將出發，眾靈前引，蟲蟻

　　　迴避，旌旗獵獵高頌大風的歌曲

　　　為雨，為電

　　　為長征萬里的泥路而塵揚

> 滿面，讓字句為兵為將，圍我
>
> 成一座新城，在紙面緩緩
>
> 昇起

說話人顯然將寫詩比擬為一場出征前的祭儀，為文字壯行。他要眾靈開路，蟻獸迴避，旌旗飄揚，他將文字撒豆成兵，號令文字，即將萬里長征。寫詩成為攻城掠地，邁向未知。

三

　　《注音》輯三中有一組詩，包括了〈後山碑記〉、〈雲林市鎮詩圖誌〉、〈臺南碑記〉、〈金門三品〉、〈祭典——記民雄鄉大士爺廟慶誕〉，及〈閱讀北京七首〉，也許可以稱為地誌詩。其實辛金順另有〈吉蘭丹州圖誌〉組詩六首，有序有跋，寫他的故鄉吉蘭丹的鄉鎮風土與歷史，不過並未納入這本詩集裡。上述各詩——〈祭典——記民雄鄉大士爺廟慶誕〉外——已分別收入《詩圖誌》（2009）、《記憶書冊》及《說話》等詩集中。

　　這些地誌詩精彩的主要涉及辛金順較熟悉的臺灣雲嘉南一帶。這些詩懷舊的色彩濃厚，像〈祭典——記民雄鄉大士爺廟慶誕〉一詩，除最後一節外，對準祭典者少，大部分的詩行都在緬懷小鎮舊日的人事，我們讀到的盡是寂寥、昏老與蒼茫：

> 所有熟悉的跫音都在敘舊，滿街的
>
> 風聲，把往事說成家常，在小
>
> 鎮多雨的海口，犁過萬頃的夢，化成

　　百年歷史的煙火，在廟前守著

　　故事和傳說，和火車輾過的悲歡離合

　　不過這一組詩最值得注意的應該是辛金順深沉的歷史感或歷史意識。我們試舉一百二十四行的長詩〈臺南碑記〉為例。這首詩展現了辛金順以詩證史的雄心，序詩即破題表示：「歷史坐在逐漸風化的記憶頂上／以老花眼睛閱讀一座古城的故事」。詩的第一部分以相當濃縮的敘事回顧臺南三百年的歷史，辛金順借一位長者祖太的記憶，回首臺南——乃至於臺灣——坎坷的過去，從原住民的耕獵生活，到荷蘭人夾其船堅炮利東來，到明鄭收歸中國，到納入滿清版圖，到甲午之戰後日本的殖民統治，歷史像跑馬燈那樣，在眼前飛躍閃過：

　　福爾摩沙攤開成麋鹿奔躍的草原，在

　　荷蘭人的軍艦來臨之前

　　歷史被包裹在一部自然的辭典

　　文字是樹、山和清澈的溪泉

　　番刀出沒在祖太小小的想像之間

　　傳說在四季裡流浪，並躲閃

　　殖民的語言，從羅馬拼音、北京話到

　　日語，祖太堅持用最母親的語言

　　測量自己民族的靈魂和尊嚴

有趣的是，辛金順在這節詩裡還特別提到他在若干詩中一再召喚的「母親的語言」——這是「測量自己民族的靈魂和尊嚴」。如果讀者知道辛金順所置身的馬來西亞華社過去數十年來始終為「母親的語

言」與統治階級抗爭不已，這些詩句可能引發新的聯想。詩的第一
部分最後以一九一五年夏天的西來庵抗日事件（又稱噍吧哖事件）
終結，翻過臺南「一頁帶血的史詩」。

　　詩的第二部分則繼續將時間向前推移，其歷史敘事的重點擺在
日據時期到太平洋戰爭結束後臺灣光復。值得注意的是，辛金順再
次將語言視為權力的象徵，語言的轉變也意味着政權的更替：

　　　昭和十五年，父親龜着身子把自己

　　　縮入五十音的甲殼，牙牙學語的舌尖

　　　頂住姓氏，在拗音的轉口

　　　計畫一次偉大的逃亡

昭和十五年為公元一九四〇年。其實自一九三七年開始，日本殖民
政權就對臺灣百姓推行皇民化運動，廣設「國語講習所」，鼓勵習日
語，改日名，易習俗，要將臺灣徹底去漢化。過了幾年，也就是民國
三十四年（一九四五年），日本戰敗，無條件投降，結束其對臺灣五
十年的殖民統治，因此才有：

　　　……在火車站口送走了一批批殖民者的鞋

　　　母語也脫掉了和服，重新

　　　找到，父親自己最深沉的喉結

臺灣光復，中華民國自日本殖民政府手中接收臺灣，皇民化運
動結束，臺灣重新再漢化。只是沒過幾年，國民政府自內戰中
潰走臺灣，接着是一段白色恐怖的歲月。這些接二連三的歷史
事件都一一縮寫在以下的詩行裡：

　　　一張地圖重新被注音，從中山路轉進

> 中正路，父親迷失在中國城的
>
> 煙霧裡，白色迷濛的恐怖，穿過
>
> 無數重疊的暗夜，狠狠地
>
> 把沉睡的夢敲醒……

到了詩的第三部分，整個敘事急轉直下，古城似乎一夕之間脫胎換骨，一頭捲入資訊與網路的歷史漩渦中，迷失在後現代的虛擬世界裡。府城的歷史生命只能在全球資本主義與消費社會「巨大的陰影中喘息」。我們看到的是一場精神災難。在萬般無奈與失落之餘，詩中的說話人只好藉由網路，把我們帶回到已經失去的天真無邪的黃金時代，漢人移民還沒到來，殖民者的軍艦鐵騎也尚未造訪，那是青山綠水的童稚時代：

> 我循着游標繼續探問，遠方
>
> 三百年前的一隻麋鹿，還記不記得
>
> 島嶼的山青水綠，以及原住民
>
> 最原始的一支山歌？

〈臺南碑記〉一詩最大的諷喻在於詩結束時的批判：學院如何將生命自歷史中抽離，讓歷史淪為乾癟而毫無感情的論文註解，或者課堂上消耗時間的教學活動：

> 脫落的文字已逃進學者的注解，想像
>
> 被學院壓縮在薄薄的光碟上
>
> 三百年成了十六節課，把新新人類的
>
> 耳朵，拉成垂垂欲睡的夢所

不過，在批判之餘，說話人並未心灰意冷，他洞察歷史有其生命力，

不會甘於扮演冰冷的教科書或學術論文的素材。歷史會找到出路，啟發後人，其生命就像「每塊碑石都依舊活着」，苦待「一盞重新照亮魂魄的燈火」。

顯然，辛金順的野心並不限於抒寫臺南，他筆下的臺南碑石其實也是臺灣碑石，離開其脈絡之後，甚至於是世界各地原住民社會的碑石，或者第三世界眾多被殖民社會的碑石。〈臺南碑記〉一詩一氣呵成，意象前呼後應，是一首氣勢宏大，且具有歷史縱深的詩史，臺灣本土詩人能出其右者也未必多見。

四

《注音》收辛金順新舊詩作八十餘首，允為詩人截至目前為止詩的精選集。本文所論只是詩集中極少數幾首，以管窺豹，所見雖非全貌，但從這幾首詩也大致可以看出辛金順的詩的世界。辛金順曾在散文〈夢痕書〉（見《月光照不回的路》）中藉詩詞與書法表達他對文字的敬畏，同時說明他如何從這些文字活動中獲得精神上的慰藉。書法——以及以書法行之的詩詞——有時候竟成為傷悼的儀式：

> 有時候，醒得早，天微亮，剛好可以沾着窗外的露水，把乾澀的毫筆潤濕，天地的精神，也就全凝聚在飽滿的毫顛。這時，適巧可把昨夜坐在夢裡寫就的古詩古詞，抄入宣紙。而一切哀悼的儀式也從這裡開始。那些文字老靈魂的復歸，在筆墨碰觸着紙頁的剎那，輕輕迴響着文字的哀嘆。遭悲懷

　　——毫筆、石硯、墨水、古詩古詞，竟成了文字遊戲裡自我
　　悼亡的夢囈。

文字古老，寫詩如祭祀，虔敬可以使文字常新。傷悼是重要的儀式。
傷悼是因為珍惜，是因為悲傷，是為了留住記憶，為了拒絕遺忘。
我從辛金順反戰的輓詩談起，經他對失落語言的哀悼，到他面對歷
史碑石時的徘徊悼念，我發現傷悼竟是辛金順寫詩的重要祭儀。在
一個語言、歷史、生命日趨脆危（precarious）的時代，傷悼——或者
以詩傷悼——顯然並非沒有積極的意義。也許這也可以回答辛金順
在〈詩的隱喻〉一文中一再追問的問題：寫詩有甚麼意義？

　　　　　　　　　　　　——二〇一三年一月四日深夜於臺北

† 本文原題〈傷悼——辛金順詩集《注音》序〉，為辛金順著《注音》
（臺北：釀出版，二〇一三年）一書之序文，部分文字曾分別以〈讀辛
金順的反戰詩〉與〈讀辛金順的〈臺南碑記〉〉初刊於馬來西亞《星洲
日報‧文藝春秋》副刊（二〇一三年二月三日）和馬來西亞《南洋商報‧
南洋文藝》副刊（二〇一三年二月五日）。

走動的樹：讀黃遠雄的詩

一

　　前一陣子有事透過臉書私訊黃遠雄，當天夜裡竟然有夢。——夢中我揮筆疾書，為黃遠雄最新的詩集作序，只一晃眼功夫，序成。心想平日作文經常焚膏繼晷，難得那麼順利，一時興奮，竟醒了過來，才發覺原來是南柯一夢。這個夢不待向佛洛伊德求援，其實大有寓意。黃遠雄寫詩近半個世紀，不以多產取勝，精品反而居多，結集出版者至今雖僅得《致時間書》（1996）與《等待一棵無花果樹》（2007）二種（一九八〇年出版的《左手人詩輯》為《人間詩刊》系列，僅有六頁，不能視為詩集），但他以自己的風格獨步詩壇，群而不黨，知道如何自我安頓，是一位備受敬重的前行代馬華詩人。要為這樣一位詩人的詩集——何況是一部堪稱詩人畢生精華的詩集——寫序，哪有輕易一揮而就的道理？

　　黃遠雄這本最新詩集以《詩在途中》為書名，並以副書名標誌此為過去四十餘年間（1967-2013）詩創作的自選集，收詩九十九首，允為截至目前為止黃遠雄詩創作精華之總匯。至於何以詩集收詩九十九首，而非完整的百首，其中分寸可能也有寓意，書名其實已經似有所指。《詩在途中》暗示此詩集並非詩人創作生涯的終站，只是漫漫長途中的部分重要收穫，顯然在抵達終站之前還有諸多風景可以觀賞，還有許多未知尚待開發。或許這也算是一種「抵達之謎」，正如黃遠雄在六十歲那年所寫的〈人在途中〉一詩終篇時所作的自況：「我人還在／還在／行將抵達的旅途中」。「行將抵達」表示還未抵達，前方仍有路程，在抵達之前詩途顯然尚有可為。這些詩句語言簡潔、平淡而充滿自信，不免讓我想起美國詩人佛洛斯特（Robert Frost）在其名作〈雪夜林畔〉（"Stopping by Woods on a Snowy Evening"）詩末的自我期許：

> 這樹林可愛、幽暗而深邃，
>
> 但我還要信守某些承諾，
>
> 還要趕好幾哩路才安睡，
>
> 還要趕好幾哩路才安睡。

黃遠雄在詩集的後記〈寫詩〉中也提到〈人在途中〉一詩，並直言「凡事都各有其因緣，且看日後的造化與變數」，可見詩人對未來的創作仍然有所期待。

　　就詩集整體而言，〈寫詩〉一文相當重要。文分兩大部分。第一部分所敘為黃遠雄早年習詩的經過，其中涉及的文學記憶隱然可見一九六〇和七〇年代與馬華現代詩有關的若干身影。黃遠雄說：「想

起年少寫詩時，尚未摸清何謂現代派，何謂現實派，也就從未去理會有什麼派別之分，純粹只是逞一己之能。那時候寫詩無人在旁指導，自己也只好瞎子摸象，暗中孤獨摸索。」這話說得實在，很能反映當時許多初履詩壇者所面對的文學環境。黃遠雄後來的發展之所以不同，主要在於他的堅持。他一向不求聞達，他的詩雖多能符合白居易在〈與元九書〉中所說的「歌詩合為事而作」的理念，但對他而言，寫詩本身便是目的。

〈寫詩〉的第二部分則在說明編選這本詩集的因緣與想法。黃遠雄也透露了他的詩與其個人生命歷程的密切關係：「這本詩選內的每一首詩，都是我個人較偏愛〔雖然不一定是最滿意〕的作品。幾乎每一首貫穿了我一生的記憶，如同我的呼吸，都能讓我回想到寫詩時自己當時身在哪裡，人在做什麼，為何而寫？」黃遠雄的自剖正好點出了他的詩的自傳層面，不過他的詩在個人記憶之外往往另有指涉，尤其指涉創作當時的政治、社會或文化氛圍，所謂「個人的即政治的」，黃遠雄這本詩選不乏這樣的實例。

二

這個現象涉及黃遠雄詩的敘事性。二〇〇八年黃遠雄出版其詩集《等待一棵無花果樹》，我為這本詩集寫了兩段評介文字，印在版權頁之前，其中一段就特意強調其詩的敘事性特色。我把這段文字抄錄如下，以便進一步申說：

黃遠雄的詩敘事性強，我讀到的幾首，幾無例外，都有

這種特色。〈風水〉一詩最初將噩運歸諸於「一棵充滿敵意的樹」，但詩中說話人顯然並不信邪，「從此，我裸衣而坐／敞開胸襟，坦蕩蕩／笑看浩劫從家門經過」。比較政治性的詩如〈等待修路隊伍〉則期待正義像「一支修路隊伍／轟然發動／龐大鎮壓的聲量」，中間敘寫的無不是政治上的種種險阻惡途。兩首有關無花果樹的詩也是以敘述詩中說話人與無花果樹的機緣為主，道盡其猶豫、徬徨與最終的歡欣。最富嘲諷意味的〈老樹〉一詩倒像是傳記詩，寫老樹如何懂得委屈自保，如何「接受獻議，深諳／諭令的禁忌／目擊每一個黯然的過渡／站着／不動／且超然物外」。這樣的詩批判性強，饒富政治寓意。簡單地說，黃遠雄最好的詩無不在敘事中透露胸中壘塊。

這段文字所論僅及於當時黃遠雄寄來的數首詩，又受限於規定字數，因此舉例不多，無法暢論。我後來有機會細讀詩集《等待一棵無花果樹》，益發堅信自己的上述觀察。

　　黃遠雄早期的詩其實是以抒情取勝。其中有幾首抒寫親情與愛情，讀來令人動容，其他如寫於一九七〇年代與八〇年代初的〈一朵茉莉〉、〈塵埃未了〉、〈醒來時天涯依然〉、〈獨步〉、〈窗室之內外〉、〈手上的筆〉等數首，不論自勵或自抒情懷，莫不富於抒情性。試以〈手上的筆〉一詩為例。詩一開始詩中說話人就感歎創作之孤獨與寂寞，「像銹了的鐵欄杆／像被遺棄的時光／像筆尖上的墨漬」，因此說話人問：「執著的筆，還能恆持多久呢？」不過詩人顯然依舊雄心不減，立志翱翔於天地之間，要以氣吞山河之勢，揮動如椽

之筆：

> 我該在怎樣的情況下
>
> 執筆，吮盡世間的怒漩巨捲
>
> 聽聽，大地還有脈搏的躍動
>
> 還有鷹翅的延伸
>
> 還有艷麗的狂飆
>
> 還有壯麗的河山

詩行裡以一連串的「還有」向世人宣告，詩的題材是何等廣泛多樣，自然山川固然可以入詩，世間激情一樣適宜成篇。黃遠雄早年的詩常以鷹鳥意象自喻（如〈塵埃未了〉、〈醒來時天涯依然〉等詩），這個意象又見於〈手上的筆〉一詩。「魚入大海，鳥上青霄，不言罹網之羈絆也」，以鷹鳥自喻恐怕與黃遠雄早年亟思掙脫的現實困境與生活桎梏有關。此之所以他不時以詩自我砥礪，如〈歌〉一詩裡詩中說話人就有這樣激昂的表白：

> 年輕時，叛逆的火焰
>
> 可以燃燒意志化成
>
> 一種傲然的鋼
>
> 呵，我就是那陣狂飆
>
> 雪亮的刀
>
> 可以砍斷我風塵的胳膊
>
> 割我霜露的頭顱
>
> 惟不能斷我的天涯路
>
> 不能拂冷我莽莽

的奔向

〈手上的筆〉一詩雖然也同樣不乏激情，但是詩的結尾相當節制而收斂，說話人重新體認詩創作路上的孤獨與寂寞。如上所述，這種體認早見於詩的開頭部分，詩末重提自是另一番心境。這或許已是一種近乎超越知見的體悟，一種施友忠所說的「道器不分，體用一原」的「見山又是山」的二度和諧：

……我願

為自己嘗試

另闢一座窗框

孤獨是必然的

我想，崎嶇是必然的

不斷出發亦是

必然的

這些例證足以說明黃遠雄早年的詩確實重在抒情。本來詩主抒情，自古已然，這並不是什麼特例。我之所以特意從這個角度檢視黃遠雄早期的詩，因為我發現，大約自一九八〇年代以後，他的詩的敘事成分明顯大增，有些詩甚至充滿戲劇效果，相形之下，抒情性退居邊緣，在某些詩裡甚至於完全退位。這樣的轉變也影響了往後黃遠雄的詩的語言與修辭策略：他的語言趨於平淡與明朗，不難看出他在修辭上逐漸建立自信。這個階段最能具現上述特色的當屬寫於一九八一年的〈吾妻不談政治〉一詩。

〈吾妻不談政治〉一詩表面看似簡單，實則是一首相當複雜的詩。與上引諸詩不同的是，這首詩語言自然而生活化，由於不事鏤

刻，反而少了鑿痕，可以說是黃遠雄脫胎換骨之作。與詩題的明示相反的是，詩題只是故作姿態，表示「此地無銀三百兩」，其實這是一首暢論政治的詩，只不過詩中並未清楚指涉任何政治議題或政治事件。正因為如此，這首詩並不在表達詩人的特定政治理念或意識形態信仰。詩的政治並不等同於詩人的政治，其理自明，因此與詩人所持的政治立場或與其是否參與實際政治，乃至於是否介入現實世界中的社會、政治與文化鬥爭並無直接關係。借用洪希耶（Jacques Rancière）的說法，詩的政治只是暗示詩是以詩的姿態介入政治，非關詩人的政治主張或意識形態立場。不過詩也不是某種超歷史的存在，詩是歷史當下的產物，因此不免有其指涉性。

　　〈吾妻不談政治〉一詩的基本結構是一場簡單的夫妻對話。這場對話透露了夫妻對政治的不同體驗，對政治的操作也就難免大相逕庭。詩中說話人扮演了丈夫的角色，他看待政治的方式相當直接，一點也不拐彎抹角，因此他的論證在修辭上用的是明喻（simile），他以一連串排列整齊的聲明（statements）指陳政治如何無所不在，如何界定我們的日常生活、人生活動及典章制度。

> 吾說：
>
> 教育是一種政治
>
> 宗教是一種政治
>
> 戰爭是一種政治
>
> 甚至寫一綹文字，握手
>
> 寒暄、擁抱、呼吸
>
> 都是政治……

這一節詩既在界定政治，同時也在描述人世活動與政治牽扯萬端、治絲益棼的關係——政治彷如天羅地網，罩在人的身上，生老病死，無不是政治，無不受制於政治，也無不在政治的糾葛中。

下一節寫妻子的反應相當生動，原先鋪設的情節整個兒完全逆轉。丈夫那種斬釘截鐵的宣示性語言因「吾妻不語」而遭到冷淡對待。這個「不語」未必表示無言，也很可能是欲語還休，曖昧卻內容豐足。妻子在不語之餘，隨即祭出自己的拿手絕活來，對丈夫的聲明做了一番演繹與解構：

> 當吾妻將蔥花
>
> 擲下油鍋
>
> 她說：
>
> 蔥花是一排蓄發的地雷
>
> 螃蟹是列陣的坦克
>
> 煮炒是會議桌上喋喋不休的
>
> 風雲
>
> 若只知糾纏不清
>
> 如何捧弄一道
>
> 美饌呢？

這一節詩無一語涉及政治，詩中所敘卻是處處機鋒，無不政治。跟說話人的修辭策略大異其趣的是，在這一節詩裡，妻子多半仰賴隱喻（metaphor），也就是妻子所熟知的烹飪語言，既有食材佐料，也有烹調方法。在妻子的認知與經驗裡，政治就是廚藝，一如戰事，不論在戰場上衝鋒陷陣，或在會議室裡唇槍舌戰，其目的無非要「卻

軍於談笑之際，折衝於樽俎之間」。所謂政治，不論煎炒煮炸炆燉焗烤蒸，顯然必須乾淨俐落，劍及履及，倘若抽刀斷水，推拖拉扯，恐將無濟於事，美饌也可能淪為敗筆。

換句話說，在妻子看來，丈夫對政治的高談闊論充其量只是誇誇其談，虛無空洞，言不及義。政治不只是坐而言，還必須起而行。在這一節詩裡，妻子其實是以其特有的隱喻踐行《道德經》的古典明訓：「治大國若烹小鮮。」老子早就看出政治與烹飪之間的類比關係，因此希望治國者學習烹調之術；簡單言之，政治重在實踐，重在實踐的方法。妻子言談中的隱喻不僅為老子的智慧作註解，其隱喻其實也在批判男性浮誇而乏味的宣示性語言。這已涉及語言的性別問題，試將詩中夫妻倆的語言對比，其中分際一目瞭然。這個層面雖然此處無法深究，但是〈吾妻不談政治〉顯然是一首值得就此觀點進一步探討的詩。

黃遠雄第一本詩集《致時間書》收入的詩不少完成於一九八〇年代，可是在《詩在途中》這本選集裡，這個年代的詩只有寥寥幾首，儘管其中多屬精品。〈夜訪諾頓外記文字〉寫於一九八七年，也是一首敘事性強，深具政治意涵的詩。詩題中的「諾頓」明指艾略特（T. S. Eliot）的長詩〈焚毀的諾頓〉（"Burnt Norton"），或可視為黃遠雄對這位一代詩宗的致敬。「焚毀的諾頓」是一處實際存在的莊園，位於距牛津不遠的古老鄉村聚落科茨沃爾德（the Cotswolds）。詩雖以此莊園為題，但艾略特的目的並不在寫此莊園。這首詩初見於詩集《四個四重奏》（*The Four Quartets*），數十年來各家對此詩之詮釋可說眾說紛紜，不過多半認為此詩具強烈之宗教色彩，詩中對

時間頗多抽象思考，而詩人顯然把重心放在當下，以為當下的時間才能顯現神的恩典。

　　黃遠雄的詩與此題旨無關，諾頓在其詩中已經另有寓意：這是一座廢墟，毀於烈火，不過百廢待舉，餘燼中仍存希望，只待有心人群策群力，莊園可以再現，花可以再開，鳥可以再來，因此黃遠雄在詩末為焚毀後的諾頓留下微弱的無限生機：

> 有人來過，仍有人
>
> 絡繹前來，因為他們聽見
>
> 有一株微弱的喟歎
>
> 來自熊熊的火芒
>
> 隱隱約約
>
> 他們相信
>
> 玫瑰在裡邊盛放，鳥聲在裡邊
>
> 迴響不絕，尚未通行的
>
> 甬道上
>
> 不息的靈魂在那兒匿藏

最末一行詩提到的「不息的靈魂」其實應有所指，這個用詞早先曾經出現在詩的第三節中：

> 戰火排山倒海
>
> 而來，文化在最前線
>
> 為不息的靈魂祭旗

回頭看這幾行詩，整首詩的政治指涉可說昭然若揭，甚至諾頓的象徵意義也不難掌握。這些詩行的關鍵詞是「文化」，諾頓原本是一座

文化堡壘，不幸毀於戰火，當然戰火只是比喻。在這場戰火中，文化首當其衝，「不息的靈魂」正是那些為捍衛文化而前仆後繼，奮戰不已的人。詩中所說的文化當然可以泛指一般文化，但在當代馬來西亞的脈絡裡，也可以特指華人文化在政治上所遭遇的壓制與邊緣化。〈夜訪諾頓外記文字〉寫於一九八七年，正值馬來西亞政治多事之秋。這一年由於執政的巫統爆發黨爭，馬哈迪政權風雨飄搖，岌岌可危；十月間政府又因派遣不諳華文者出任華文小學高職而引發華社抗爭，馬哈迪為化解執政危機，極需替罪羔羊，因此政府在十月二十七日展開所謂茅草行動（Operasi Lalang），援引惡名昭彰的內部安全法大肆逮捕政黨領袖、社運分子及華教人士，整個社會——尤其是華社——一時風聲鶴唳，人人自危。以創作時間論，黃遠雄這首詩很容易讓我們聯想到馬哈迪威權統治下的白色恐怖，不過據黃遠雄私訊告知（二〇一四年七月十四日），此詩寫「在茅草行動之前，純粹是一首名詩的讀後感」。詩人如預言者，詩行間所醞釀的政治氛圍竟在冥冥之中預告了行將登場的茅草行動，當權者師心自用，整個國家一時淪為詩中所說的：「一座黑夜無邊的／夢魘樹林」。

三

　　自一九八〇年代以後，黃遠雄的詩風大抵漸趨穩定，成熟，而且不拘一格，相當自由，詩的題材也隨着他對世事體驗日深而變得繁複多元。這期間他寫下不少有關愛情、親情及鄉情的詩，諸如〈夢說〉、〈要去流浪的樹〉、〈一首止癢的詩〉、〈一直〉、〈父親的拐杖〉、

〈鎮壓〉、〈不帶走一片雲彩的外祖父〉、〈返鄉之旅〉、〈火葬場，盡頭〉等。這些詩多環繞個人或家族的際遇，從中不難發現年歲日增的詩人在心境與思想上的變化。有些詩則在個人情感之外，同時觸及外在世界的變遷，隱約透露了詩人的憂慮與批判，如寫於二〇一二年的〈返鄉之旅〉中有這麼一節：

> 倒是鑽油台，
>
> 這新貴，八爪魚般
>
> 霸踞在海面，公然點火
>
> 戲諸侯；過去牛羊聚居
>
> 的草地
>
> 和收割季節的田隴
>
> 如今已是坐擁笑聲
>
> 車群如妾的前院

這些詩行語帶嘲諷，不僅寫出今昔之別，緬懷已經失去的歲月與不復存在的鄉土，同時也慨歎生產工具與生產模式的改變對土地風貌與社經環境所造成的衝擊。這樣的詩顯然已經超越個人，而在不經意中寄託了詩人更大的胸臆與關懷。

　　這一類詩有的也深具歷史感或人倫意識。寫於二〇〇六年的〈父親的拐杖〉嘗試變造《山海經》裡的夸父神話，想像父子之間的世代傳承，詩中說話人一方面突出父輩所經歷的流離與憂患，另一方面則預見自己未來勢將複製上一代跋山涉水的命運：「我夸父／不悔地披上父親飽滿憂患的背影／襲承他雲遊未了／的遺志」。

　　寫於二〇一二年的〈不帶走一片雲彩的外祖父〉敘述闊別四十

年的外祖父如何「星月兼程跑來探望我」的經過。不過全詩的重點
卻是今昔對比與城鄉差異，詩中說話人對過去顯然充滿鄉愁，一再
以時空變化突出襄昔的美好豐盈：「以前／窮鄉僻壤，視野和想像可
以／紙鳶般低吟高飛，不像現在／平坦，卻寸步難行」。說話人在懷
舊之餘，對眼前的種種變化顯得格格不入。只是在時光流逝、世事
變動之中，說話人也體認到其中仍潛存着某些不變的元素，譬如親
情常在，家族血脈綿遠流長：

> 好在祖輩
>
> 有留下一紙藍縷篳路
>
> 的族譜堅守在源遠流長
>
> 的關隘，堵住了 DNA
>
> 和基因的土石流，至少
>
> 流失的砂礫堆下，骨肉血脈仍
>
> 有跡可見

　　除此之外，黃遠雄這個階段的詩不乏對現實生活或外在世界的
反應。這些詩有的借用奇喻（conceit），立意頗多巧思，讀來引人入
勝。二〇〇二年的〈一起去流浪〉以蚤類寄生一隻癩狗之情節敘寫
兩者如何學習和平共存，詩行間對這隻癩狗之堅忍、豁達與淡定頗
多讚揚。詩中說話人這樣稱頌這隻癩狗：

> 以牠疲弱的體質，潰爛
>
> 遍體擴散未癒合
>
> 的癰疽，飼養如此絡繹於途的門客
>
> 體內依然暢流

永不言悔的鬥志

詩中所說的「門客」即寄生癩狗身上的蚤類。黃遠雄的野心當然不只在寫一首寓言詩而已，這首詩以寓言的形式出之，語言並不艱澀，卻又故作隱晦，捨棄直接對現實的明顯指涉，反而為讀者留下寬廣的想像空間。說話人在詩的最後一節表示，「有所必要向猥瑣的蚤類／學習如何共處一室」。這樣的自我期許其實充滿諷喻，似有所指，卻又無意明指，而且負面的意義多於正面，所謂「共處一室」恐怕也是萬般無奈的安排。擺在馬來西亞的社會現實與日常生活脈絡中，究竟要如何向「猥瑣的蚤類」學習呢？

　　另一首帶有寓言意味的詩是寫於二〇〇八年的〈稻草人與他的火葬禮〉。詩中的說話人以稻草人的身分自白，喟歎「活着，每一天／都是受難日」。詩的寓意並不難解。秋收之後，稻草人完滿達成賴以存在的使命，其剩餘價值立即消失，在豐年火祭中不僅備受冷落，甚至慘遭凌遲與毀棄，因此在深感委屈之餘，他高聲抗議：「無視於我平日鞠躬盡瘁，仍落得／幾乎身首異處／鄙棄在草堆上的感受」。詩所嘗試戲劇化的無疑是過河拆橋的無情世事，所謂「飛鳥盡，良弓藏；狡兔死，走狗烹」，稻草人的批判意在言外，良有以也。黃遠雄避開直寫現實世界的人情冷暖，藉寓言婉晦諷世，用心良苦。從〈一起去流浪〉與〈稻草人與他的火葬禮〉這兩首詩不難看出，詩人最好的寓言詩多在借喻諷世，對人情義理洞若觀火，燭照無遺。

　　〈稻草人與他的火葬禮〉最戲劇性的部分當在詩的第三節，黃遠雄在這一節詩裡玩性大發，突然讓說話人話鋒一轉，故作大惑不解，企圖一行一句地將諺語「壓死駱駝的最後一根稻草」細加解構，

目的在重新釐清語言背後物與物之間的偶然關係。

> 席間，我的近況
>
> 與飄忽的體重
>
> 與功績
>
> 被刻意高估
>
> 冠以最後一束
>
> 壓倒性的榮耀，莫名
>
> 與千里外，一頭素昧平生
>
> 的駱駝，在荒腔走板
>
> 的沙漠
>
> 戲劇化勾扯上關係
>
> 雖然意見分歧
>
> 最終，還是無法倖免
>
> 在字裡行間畫押

這些詩行所敘其實具有陌生化的效應。透過陌生化的過程，原先理所當然的關係變得不再那麼穩定，讀者被迫思考：稻草和駱駝之間為什麼會有必然關係？為什麼壓死駱駝的是這根稻草？為什麼是駱駝，而非別的動物？稻草與駱駝各有自己的世界，原本風馬牛不相及，雙雙「素昧平生」，毫無干係，結果竟「在荒腔走板／的沙漠」中扯上關係。這一節詩敘寫世事的荒謬，原來是非曲直未必操之在我。對稻草人而言，這句諺語豈僅荒誕不經，言不成理，其中甚至潛藏着多少無法言狀的冤屈與無助，這與上一節詩裡稻草人所蒙受的無情待遇並無二致。就所敘內容而言，這兩節詩看似各有關懷，

細究不難發現，實則前後互相呼應，都是在悲譴世事的荒誕無稽，一旦身陷類似的非理性當中，只能徒呼奈何。只不過傷心人別有懷抱，這種「遣悲懷」式的哀歎不知可有現實指涉？

以上的追問雖非必要，只要熟讀黃遠雄的詩，這樣的追問卻也並非無的放矢。黃遠雄的詩隱晦不在語言，尤其中年以後，他大部分的詩在語言上已能大開大闔，收放自如，若干敘事性強的詩，敘事鋪陳往往峰迴路轉，語多警世，並隱含政治或社會批評。譬如寫於二〇〇八年的〈今天開始〉一詩，詩題寄託希望，教人引領期待，詩收尾時卻一片警語，詩中說話人自言自語，要「上緊憂患的發條」，留心門戶，注意日常生活細節，以免因疏忽而遭殃受害。原來這竟是一首批判治安敗壞、盜匪橫行、百姓受苦的詩。近年來馬來西亞治安日劣，當權者因循無能，束手無策，但知文飾，黃遠雄這首詩批判力強，直指問題核心，毫不含糊，讀來令人心領神會。

類似的例子在詩集《等待一棵無花果樹》出版之後幾乎成為常態，諸如〈社區警衛〉、〈不得不回來〉、〈傷害〉、〈恐懼〉、〈土撥鼠〉、〈家務事〉、〈焦躁者和他的假想敵〉、〈兩張並排的單人床〉等詩，順手拈來，俯拾皆是。這些詩多饒富批判性，有些明示，有些暗指，對略知馬來西亞近年來的政治或社會現狀的人而言，其針對性不言而喻。〈土撥鼠〉一詩第二節有詩句云：「猶如放任成群目無法紀／的暴龍過境，恣意踐踏／沿途散佈殘存的建材、沙礫」，或可描述這些詩所刻意鋪陳的政治或社會情境。又如〈恐懼〉一詩第二節藉神荼與鬱壘兩兄弟的神話，表達正邪易位、是非顛倒之無奈；因此詩中說話人有「削去印綬，解僱平日倚重／其實早已哆嗦的／茶壘」

的感歎。擅於抓鬼驅邪的神荼與鬱壘一去，魑魅魍魎橫行，剩下的
就是「涎皮賴臉／人多勢眾的暴戾與肆虐」。所謂「陟罰臧否，在其
一言」，這樣的筆法字斟句酌，很難教人相信這是空穴來風，無病呻
吟。

　　這裡再舉〈家務事〉一詩為例。詩以家庭瑣事為障，實則意有
所指，其目標對準的卻是國家大事。詩將「孤獨」與「寂寞」二者擬
人化，以之扮演家中傭人的角色。詩敘女主人外出，行前多方囑咐，
要詩中說話人所飾的男主人在她返家前處理若干日常家務，諸如：

　　　　每一扇落地窗簾
　　　　都必須換上新裝
　　　　要拭淨室內每片長青樹
　　　　稚氣的臉龐；要按時
　　　　餵飽餓了好多天
　　　　的洗衣機

只是「孤獨」與「寂寞」皆習於敷衍塞責，懶散成性，眼看任務可能
無法達成。這一節詩所列舉的家務事多屬例常工作，只要稍稍認真
負責，沒有無法完成的道理。可悲而又可議的是，「孤獨」與「寂寞」
耽於玩樂，專事吹拍，卻無心於自己分內的事。黃遠雄這種寓言式
的寫法，其志顯然不只限於敘寫家事。詩人雖然可以無須明說，讀
者卻不能不深加意會，弦外之音，令人莞爾。

　　到了詩的最後一節，整首詩的題旨可說宣露無遺：

　　　　可能會有一輪
　　　　催淚彈式的煙硝過境

　　可能祇是一陣淨盟式

　　蜻蜓點水的靜坐

　　陰霾，會很快地過去

　　都會很快地過去

　　這數十年來我

　　就是

　　這般耍賴地混過來的

這一節詩第三行提到的淨盟成立於二〇〇六年底，為馬來西亞的非政府組織乾淨與公平選舉聯盟的簡稱（或稱 Bersih）。淨盟成立之後曾經數次舉行和平集會，呼籲政府改革選舉制度，要求重劃選區，改善選務機構，革新選舉機制，以實現乾淨公平的選舉。只是多年來當權者蠻橫不為所動，甚至不時將和平抗議者拘捕下獄。就此而言，這個指涉使整首詩的格局明顯擴大，再也無法故作無辜，詩人心繫的更不可能只局限於家庭瑣事。說話人對疏忽任務、荒廢工作毫不在意，一心只想掩飾遮蓋，或者以為只要稍稍應付，批評與抗議都會過去，最後船過水無痕，日子照過。這一節詩裡有兩行詩近乎重覆：「會很快地過去／都會很快地過去」。波赫士（Jorge Luis Borges）曾在《詩藝》（*This Craft of Verses*）中談到我上引的佛洛斯特的〈雪夜林畔〉一詩，他認為最後兩行詩句雖屬重複，含意卻大不相同：第一句是空間的，指實際的空間里程；第二句則是時間的，指隱喻上的時間距離，因此動詞「安睡」也暗示人生旅途的終點──死亡。回頭看黃遠雄的〈家務事〉最後一節的重疊句，其實也有異曲同工的效應。第一句表示「陰霾」只是短暫的現象，轉眼間

就會消失；第二句多了個「都」字，承上一句使「陰霾」的意義更形繁複，包括任何批評、質疑及挑戰等。這兩句詩行雖然前後重疊，意義卻顯然略有調整。

〈家務事〉一詩最精彩的部分當屬最後一節的最後三行詩。這三行詩語言平淡自然，連接起來甚至彷如散文句子，不過卻是力道極重的詩行。詩人之前既以指涉淨盟暗示這首詩的政治意涵，最後這三行詩的政治性聯想已無可避免。熟知馬來西亞的政治與社會現況的人可能要問：詩中說話人的「我」是誰？過去數十年是誰「這般耍賴地混過來的」？是那個政黨？那個政權？何以在千夫所指之下，這個政黨——以及這個政權——可以依然故我，為所欲為？類似的疑問所在多是。這是黃遠雄以詩論政的特色：這一類詩不在提供答案，其效應往往在激發讀者的想像與疑惑。而且幾無例外，這樣的詩所指涉的就是黃遠雄賴以安身立命的現實時空。薩拉瑪戈（José Saramago）在其晚年出版的《筆記本》（*The Notebook*）一書中，有一則札記（二〇〇九年五月十九日）專談烏拉圭詩人貝內德蒂（Mario Benedetti），在他看來，貝內德蒂短短數句詩所要表達的，往往比官方所看到的還要豐足。黃遠雄這幾行詩是另一個明證。

四

黃遠雄早年有一首自況的詩，詩題〈走動的樹〉，題目本身顯然故意訴諸矛盾修辭法（oxymoron）。這首詩隱含掙脫束縛、追求自由的慾望，對未來與未知充滿了嚮往。樹根植於土地，萬無走動的道

理，這是有違自然法則的。正因為如此，這首詩利用這種矛盾現象將希望寄託於奇蹟：「希望殘墟的視線裡／有一座奇蹟／屹然出現」。另一首寫於一九九九年的〈要去流浪的樹〉，用的也是類似的修辭法。在這首距〈走動的樹〉十餘年後完成的詩裡，我們看到的是另一幅令人心酸的悲慘景象：奇蹟不見，希望幻滅，樹在「離開成長的盆地／離開庇護的溫床」多年之後，有一天「拎著殘存的鬚根／划著單薄的浮萍」回到樹林故土。詩的最後一節雖然只有短短四行，卻充滿了戲劇性與震撼力：

> 所有的樹
>
> 被當前的景物
>
> 掩臉，震撼
>
> 大聲痛哭

這幾行詩自身俱足，不寫迷途知返的樹，卻回頭狀寫眾樹對眼前景象的自然反應：可以想像整座樹林一時之間一片哀嚎，哭聲震天，聞者心痛。

　　我引用這兩首詩目的不在論證黃遠雄這十餘年間心境的變化，我的興趣在於詩中樹的意象。如上所述，樹在土地生根，茁長，不過在黃遠雄的詩的想像世界裡，樹不能自囿於自己生長的土地，樹必須外求，必須出走，必須尋找新的樹林，體驗新的生活，開拓新的世界。黃遠雄最好的詩除了語言鮮活之外，不論敘寫愛情、親情、鄉情、土地之情，或家國之情，無不根植於現實世界與生活土壤。他的許多詩所透露的關懷始終緊扣馬來西亞的現實，不過這些關懷又不全然囿於馬來西亞的時空，放大來看，其實還涉及普遍的人的

生存處境。尤其黃遠雄中年以後的詩，這個現象相當常見。

　　這也是我之所以借花獻佛，將這篇序文題為〈走動的樹〉的原因。在《詩在途中》這本詩選集所收的九十九首詩中，我們看到黃遠雄四、五十年來在詩創作上不同階段的轉變，只是萬變不離其宗，他的詩不論抒寫個人或者敘寫集體，無不指向詩本身之為事件的現象，之為語言活動的歷史經驗。這篇文字顯然遠遠踰越序文的文類規範，在細讀黃遠雄大部分的詩作之餘，我嘗試藉由遠觀近看，較全面地考察他的詩的成就，即使如此，這篇序文所能討論的詩作數量畢竟有限。不過縱使以管窺豹，我希望這篇文字仍然有助於打開黃遠雄數十年來經之營之的詩的世界。

　　黃遠雄念舊，多次在詩文中提到我們年輕時認交的經過。近半個世紀之後，我有機會以讀者兼老友的身分為他的詩選集寫序，除了因緣之外，主要還是因為他數十年來對詩的堅持。張錦忠在〈與遠雄同行，繼續〉一文中，讚揚黃遠雄為「以華文書寫的華裔馬來西亞詩人繼續寫下去的典範光源」，顯然並非過譽。

　　　　　　　　　　　　——二〇一四年七月二十七日於臺北

† 本文為黃遠雄著《詩在途中：黃遠雄詩選，1967-2013》（八打靈再也：有人出版社，二〇一四年）一書之序文，曾分四次初刊於《星洲日報‧文藝春秋》副刊（二〇一四年九月二十八日、十月五日、十月十二日及

十月十九日）。《詩在途中》後來印行臺灣版，書名改為《走動的樹：黃遠雄詩選》（臺北：寶瓶文化事業有限公司，二〇一五年），此序文曾略作調整重刊於《走動的樹：黃遠雄詩選》一書。

改革開放癥候群：
讀陳政欣的小說集《蕩漾水鄉》

一

　　《蕩漾水鄉》共收陳政欣近期小說八篇。這八篇小說多以改革開放後的中國商場為背景，上海尤其是小說人物一展身手的主要城市。我想先從其中一篇〈走過上海──一位印度姑娘〉開頭的敘述說起。這段文字稍長，抄錄如下：

　　　　的士在徐家匯與蒙自路的交接處停下。沈京明跨下的士，付了車資，接過發票，抬頭一看，街頭的紅燈正亮起，一團混雜着自行車，行人與車輛的洪流就從橫對面的馬當路口流瀉過來。沈京明是要穿過馬路，但來來回回到中國經商都有五年多的他，還是一直不能適應中國汽車的流向，總是會站在路邊，左看看，右看看，看了車輛的流向，再看行人

的走向，再肯定自行車的方向，他才敢舉步疾走到路中央的
分界線，停在那裡幾分鐘，左看右看左看右看一番，確定了
行人車輛自行車的流向後，才疾步衝過路面。神經過敏嗎？
他不承認。他只是不能肯定，不能確定在中國的行人、自行
車交通工具的動向。雖然看來是很有規律，但總是會在最意
料不到的時刻或是在規律化的流向中，突然會有某個人，或
一輛車，出乎意料地從人群中或從自行車車流裡，不按牌理
似地衝竄出來；或是在最不可能轉彎的路面，行駛中的汽車
也會來個急轉彎。幾年的經驗教會了他，在中國的任何十字
路口，或是橫穿過任何大道，一定要多花幾分鐘左看看，右
看看，揣摩觀望一番，然後再決定是否要舉步疾衝還是要駐
足等候。

沈京明是位馬來西亞籍華人，或者用他的話說，是位「外國人的中
國人」。他是一家國際貿易公司的採購總監兼董事，被派到上海已經
五年。在《蕩漾水鄉》的諸篇小說中，多的是類似沈京明這樣的角
色。他們來自海外——不少來自馬來西亞——，多因所謂同文同種
的關係而被公司派駐中國，公司以為這樣可以比較容易打入中國人
的圈子，生意會因此更為順遂。

　　不過上述的引文顯然不單是為了描述上海的交通而已，在象徵
意義上，這段文字所描述的正是像沈京明這一類人物所經驗的當代
中國商場的寫照。這是陳政欣刻意經營的一段文字，表面寫實，實
際上意有所指：我們看到中國改革開放後資本主義市場經濟的叢林
法則，即使經驗老到的商人如沈京明（「精明」）者，在面對這種不

按牌理出牌的情景，也不得不戰戰兢兢、左觀右看、多所琢磨後才能決定如何行動。用沈京明在〈游弋浮沉在商海〉這篇小說中的話說，「商場就是虎狼的世界，強者生存，物競天擇的規則，在中國的市場更是嚴厲及苛刻。」——這正是所謂中國特色的社會主義現狀！

《蕩漾水鄉》裡共收三篇與沈京明有關的小說。這三篇小說因沈京明的關係而互有關聯，不過也可以獨立成篇。第一篇〈走過上海〉敘述沈京明邂逅來上海經商的印度女士姬絲汀娜的經過。像《蕩漾水鄉》的其他小說一樣，這篇小說情節並不複雜，除一般商場的酬酢之外，其情節主要在為沈京明與姬絲汀娜兩人的異族戀情鋪路。這段戀情到了第二篇〈蕩漾水鄉〉時終於開花結果，兩人在同遊周莊之後發生了肌膚關係。在第三篇〈游弋浮沉在商海〉中，姬絲汀娜壓根兒不見了，沈京明除忙於日常業務外，還被動地與其他幾位商場冒險家見面。

以上的轉述當然簡化了這幾篇小說的情節發展。不過這些小說——包括《蕩漾水鄉》裡的其他小說——確實不以情節取勝。其情節鋪陳似乎不在突出小說的主題，我們既看不到傳統小說所要求的衝突，也看不出這些簡單的情節如何推動整體故事的發展，譬如對主角的生活乃至於命運帶來何種衝擊或變化。就以沈京明系列的三篇小說來說，我們發現在這三篇小說裡，沈京明每天東奔西跑，不是忙着處理業務，就是忙於見人——特別是以其商場老手的身分，扮演被人諮詢的對象。最後沈京明還是原來的沈京明，甚至他與姬絲汀娜的關係也只是水到渠成，兩人都是單身，因此也不涉及二奶或小三之類的複雜關係。

　　雖然以商場為背景，陳政欣這些小說也不能納為一般所謂的商戰小說，《蕩漾水鄉》的諸多小說看不到商戰小說中那種你虞我詐或折衝樽俎的場面；相反地，像沈京明這樣熟知中國商場的人物還願意與人為善，處處助人，與商戰小說中常見的狡詐陰險的人物大異其趣。《蕩漾水鄉》的諸多小說中找不到這樣的人物。如上所述，這些小說的情節也缺乏商戰小說的跌宕起伏、引人入勝。陳政欣在二〇一〇年出版過一本短篇小說集《青天白日涼颼颼》，集結了若干所謂商場政治小說，其中不乏工於心計的角色。《蕩漾水鄉》中的諸篇小說雖以商場為背景，但也稱不上是商場政治小說。顯然，這些小說的微言大義必須另作他求。

　　這些小說背後其實隱藏着一個重要的角色，那就是全球資本主義，而上海正是全球資本主義的大實驗場，《蕩漾水鄉》中大部分的小說都與上海有關不是沒有原因的。中國的改革開放，因緣巧合，正好趕上新自由主義經濟肆虐全球的時候，市場成為眾所膜拜的唯一神祇。在經濟全球化的推波助瀾之下，資金流竄，人員大量流動，中國龐大的人口正好使之變成世界的工廠與市場，不論買方或賣方，一時之間中國處處都是商機。再加上改革開放後各種典章制度正摸着石頭過河，邊走邊摸索上路，無異是投資者千載難逢的冒險天堂。《蕩漾水鄉》中第一篇〈三城〉的敘事者就這麼描述中國的現狀：「這是整個世界近十幾年來的經濟流動渠道，巨大的潮流都向這塊大陸移來。沒有在這塊大陸移植的世界性品牌，十幾年後肯定會在世界市場上消失。這種議論在太多的經濟刊物裡刊登或轉載，幾乎已是企業界上的一種共識。」

　　這種全球資本向中國匯集的情形可以〈走過上海〉中姬絲汀娜的公司為例：

> 姬絲汀娜工作的電腦開發公司是由一批美國與印度投資家合資營運的國際企業。這家公司早年在美國的舊金山起家，企業的主要骨幹是一批美籍印裔人士。這些人年輕時離開印度到美國留學，過後在當地落地生根，並在舊金山合資組織了電腦開發公司。當印度的軟件開發在國際市場冒出名堂，這家美裔公司就與印度當地的企業家合資設立了在印度投資開發電腦業的集團，並在新德里與加爾格達落戶。印度的人才市場及卓越的開發潛力讓這有（家）企業的業務連年飛騰，風光一時。兩年前，公司的眼光投注到東方巨龍的龍頭，開始進駐上海。

我特意引述這段彷如新聞特寫的文字，旨在說明全球資本主義的運作方式，特別是企業的跨國現象。這段文字也相當具體描述了中國在全球資本主義的競逐遊戲中，為尋找各種商機的人所搭建的舞台。《蕩漾水鄉》諸篇小說所刻劃的主要就是在這個舞台上爭相演出的角色，姬絲汀娜如此，沈京明如此，沈京明認識的大陸女商人張慧與李悅香，或者向他請益的新加坡貿易商佐尼程與莎莉鄭夫婦等莫不如此。〈三城〉中從悉尼（雪梨）被派到中國的「你」和其他澳洲同事也是如此。〈墨鏡與墨鏡之旅〉中周旋於三位女人的馬來西亞華裔商人「你」，或者〈到九寨溝旅遊去〉的另一位華裔馬來西亞商人，還有〈冷風迎面颳來〉中各色人種的馬來西亞人也都是如此。《蕩漾水鄉》讓我們看到部分當代中國商場的眾生相，而這些趕搭中國改

革開放列車的眾多商人中，陳政欣著墨最多的還是新馬一帶的華裔商人，一方面當然他們可能屬於陳政欣較為熟悉的人物，另一方面也是出於所謂同文同種的想像，以為在馳騁中國商場時，這些人有其人和的方便。

在商場逐鹿之餘，這些離鄉背井、回到祖先家園的華人有不少陷入情慾之網中，情形就像市井中所傳言的那樣。像〈墨鏡與墨鏡之旅〉中的「你」就同時跟三位背景與個性完全不同的女人交往。在從上海往黃山市的列車上，「你的腦海中翻滾着好幾個女人的臉龐。張曼妖冶嬌豔的胴體，林夢晶瑩深黑的眼睛，陳琳雪白嫩紅的胸脯，車輪般地在你的腦壁上交替映現」。在〈到九寨溝旅遊去〉中，另一個「你」與某局局長的愛人孫晶——本身也是某國營電線製造廠的銷售總監——也一樣深受情慾所困；可以看出這是陳政欣相當用心經營的兩篇小說，我們可以藉這些小說一窺改革開放後中國社會在金錢遊戲之外某些畸形的男女關係與情慾現象。

把金錢與情慾的糾葛寫得最淋漓盡致的反而是這本小說集中唯一與華裔商人無關的〈見到梅芬時〉，不過在情節上其空間背景仍與新馬一帶有若干地緣關係。簡單地說，這篇小說提供了一個典型的案例，敘述共產黨高幹如何利用其職權貪腐洗錢。做父親的縣委書記有個又紅又專的名字——錢紅軍。他把兒子送到馬來西亞讀書，為將來預作安排。沒想到兒子錢偉長袖善舞，求學之餘，還學會洗錢，開餐廳，甚至做起跨國買賣。錢紅軍後來被他的杭州女人告發而身繫牢獄，妻子劉琦（即二太太——錢偉的母親）與兒子則逍遙新馬，過其海外寓公的太平日子。小說的敘事者對整個事件經過有

這樣的觀察：「從整個事故的最終結果看來，錢偉顯然是最大的受益者。杭州的那個女人就是錢紅軍最具殺傷力的炸彈。錢偉不需要防禦，而是適時去點燃。每次觸及這個想法，劉琦都感到毛骨悚然」。好一個「毛骨悚然」！換言之，連做母親的都懷疑這是錢偉內心早有的盤算，他不動聲色，順水推舟，最後坐收漁翁之利。錢紅軍固然不缺女人，做兒子的錢偉也不遑多讓，更是拈花惹草，處處留情。金錢與情慾的結合在這一對父子身上可以找到最好的示範。

這些現象無以名之，或可謂之為改革開放癥候群，而《蕩漾水鄉》的眾多小說或多或少都與這個癥候群有關。小說裡的人物不是在商場翻滾，就是在慾海浮沉，或者兩者兼而有之；除此之外，令我們驚訝的是，在這些小說中我們幾乎看不到其他類型的人物，也看不到其他的生活型態。在商機與肉慾之外，陳政欣筆下的上海──中國改革開放的縮影──竟淪為一個精神荒蕪、靈魂虛無的空洞世界。

換另一個視角來看，《蕩漾水鄉》中的大部分小說所敘述的也是一群離散華人的故事。這些小說的大部分主要角色都是在亞太地區──包括澳洲、印尼、馬來西亞及新加坡──落地生根的離散華人，他們的先輩或因生活，或因戰亂，或因政治，曾經與中國隔絕數十年或上百年。剛好趕上中國的改革開放，又順著全球化的風向，他們就這樣因緣際會，重新踏上曾經被先人棄絕的土地，這是另一種形式的再離散或雙重離散的過程。對某些角色而言，他們內心仍不免有些困窘，像〈三城〉的主角「你」──林先生──就必須設法說服自己：「你的父親的父親和你的父親都選擇背棄和逃離的中國，可

能是個悲慘古老血腥的中國，和你眼下的陸家嘴的中國沒有絲毫的關聯。現在的你就像是從背棄與逃離的路上返回過頭，張望。」

〈三城〉這篇小說的「你」父親是華人，母親則是愛爾蘭人，父母在澳洲結婚，因此他生於澳洲，長於澳洲，當然自視為澳洲人。他被公司派駐上海三年之後，從不識一字中文到能夠「直接閱讀中文撰寫的中國近代史與小說」，在這個過程中，他的內心不是沒有矛盾，沒有掙扎的。敘事者這樣描述他的心理狀態：「你的父親和你的父親的父親留給你的對『中國』的抵觸感，經過兩年的淘洗磨礪，已不是那麼顯著了。你是感覺到你在逐漸地向中國靠攏，逐漸地向你父親背叛。但你不願認為是種背叛的行為，更願當着是另一種嶄新的認知。」

這個過程，一言以蔽之，其實是再漢化的過程。這也使得〈三城〉裡的「你」成為整個《蕩漾水鄉》集子中可能唯一帶給我們比較不同視野的人物。他從悉尼初抵上海時，既無法開口說中文，對中國的過去與現在也毫無興趣，對上海甚至還心存排斥。他只是純粹接受公司奉派來到上海，幾年後又會被調職回悉尼去。只不過後來的發展與其初抵上海時的想法完全不同，不論其個人心境或公司規劃都有了很大的改變。他在上海三年，接着被調去瀋陽四年，小說結束時他剛被調到西安。在這七年期間，他一方面在業務上表現出色，屢受公司託以重任，另一方面則是他整個心態上的逐漸再漢化。就此而言，他從全球都會的上海先後調職瀋陽與西安的歷程就饒富象徵意義。由於瀋陽與西安都是歷史古都，他的調職歷程正好呼應了他的再漢化過程。

在上海三年，他不僅接受了中國的生活方式，還能接受日常接觸的中國人的想法，「也能諒解他們處理生活的方式與思維，更能理解他們背負着沉重的歷史枷鎖在他們心靈上烙印的苦澀」。在上海期間，他常與同事到上海鄰近的水鄉古鎮旅行，「要嘗試去敲開那厚實古老的中國的門」。三年後，他甚至「已經能用正確的普通話詞句與語音跟周圍的人溝通交往」。

到了瀋陽的第二年，他就「放棄英語，在生活裡全面性地使用普通話。幾年下來，普通話已成為你日常的語言，只有在跟悉尼或上海的外籍同事聯繫時，才會用上英語。除了語言對話，目前你也能閱讀華文書籍」。這時候他還認識了一位從英國留學回到瀋陽的女性梅芬：

> 她成為你的中華文化老師。在她的指導下，你從中國的近代史轉入中國的文學，並逐漸地走進民間文化與地理風貌。在她的指引和詮釋下，那個留着辮子的老人的時代逐漸清晰起來，那個時代所累積的仇恨與苦難終於都有了解釋和寬恕的可能。你想你現在是能站在一個更為寬敞的平台，諒解及體會了你的父親和那留着辮子的老人心底所積壓着的對那個時代的仇恨與怨尤。

我不厭其煩地引述敘事者的敘述，目的在說明小說主角從全然排斥到徹底接受中國歷史與現實的再漢化歷程。這種歷程不可謂不複雜，從拒絕面對，經學習而了解，到最後因和解而接受，再漢化的歷程才告完成。小說主角的再離散因此也是個回歸或還鄉的過程。

不過有趣的是，即使經歷了再漢化，中國顯然不是小說主角的

終點，他也沒有因此變成一位民族主義者。在女友梅芬希望他入籍中國之後，他才體會到，「國籍與最後的歸根地，那是一種飄渺虛幻的概念，從來就沒在你的腦海裡閃現過」。最後他認定自己雖然拿的是澳洲護照，同時也能親近與欣賞中國文化與習俗，但是在心理上自己更像是位世界公民：「你說你更願意成為全球化的世界公民，而不是讓一些國界來囚困你。你可以在中國工作，也可以在世界上的任何國家工作，例如哈薩克斯坦或吉爾吉斯斯坦，或巴西或尼日利亞。」儘管他自認為是位世界公民，不過他的出發點只是在於工作，在於擴展自己的世界，他談不上是位懷抱世界主義（cosmopolitanism）理念或理想的人。世界主義其實另有所指。他充其量只是一位高度全球化的人，一位徹底擁抱全球資本主義者。因此小說結束時，敘事者這麼描述他的決心：「你仰躺在大床上，雙眼瞪着天花板，給自己定了個目標。一年內，你要學會俄羅斯語。俄羅斯會迅速再度興起，西伯利亞是塊寬闊無際的大地。」

〈三城〉中的主角雖然與《蕩漾水鄉》其他諸篇的人物大不相同，他為我們提供了一個較為寬廣、較為長遠的視野或願景，不過他始終仍然無法逃脫全球資本主義的制肘。這麼說來，陳政欣這本小說集在為中國的改革開放癥候群聽診把脈之餘，其背後更大的關注恐怕還真的是無孔不入的全球資本主義。

────二〇一三年五月三日於臺北

† 本文初刊於馬來西亞《星洲日報・文藝春秋》副刊（二〇一三年六月二十三日），為陳政欣著《蕩漾水鄉》（八打靈再也：有人出版社，二〇一三年）一書之序文。

貧瘠年代紀事：
讀黃遠雄的自傳散文

> 說着說着，把記憶吵醒了
>
> 說着說着，時間也跑回來了
>
> 說着說着，似乎逮着了泥鰍般
>
> 童稚隱匿多年
>
> 的尾巴
>
> ——黃遠雄，〈返鄉之旅〉

　　黃遠雄的《東北季候風中的歲月》是一部少見的著作，尤其在馬華文學界，其文類無以名之，或可稱之為自傳散文。全書收敘事散文一百零九篇，長則千言，短則數百，題材集中，主題互有牽連，整個設計以人物為經，以事件為緯，結果我們讀到的不只是一篇篇的散文，而是一部依時序發展的往事追想錄。整本書的敘事時間始

於作者的童年，時當作者五歲左右，終於一九七一年，黃遠雄二十一歲前後，因此這也是一部青澀歲月的少年回憶錄，追憶的是作者的成長年代。

不過僅將《東北季候風中的歲月》視為黃遠雄個人的成長紀錄顯然是不夠的。這部回憶錄還涉及作者的家族離散經歷、馬來半島的社會變遷，乃至於馬來（西）亞整個國家的歷史發展進程。換言之，即使黃遠雄無心插柳，但這既是一部以人物與事件為經緯的回憶錄，交織着個人與集體的記憶恐怕在所難免。

《東北季候風中的歲月》一開始就點出整個敘事的時空背景：黃遠雄一家搬到一個叫白村（Kampong Puteh）的鄉村，離吉蘭丹州的首府哥打峇魯不遠，作者時年五歲，除父母外，上有大姐，下有弟妹。在他們新居的正對面，竟然「有四間幽雅豪華獨立式的單層建築物」，原來是英國殖民政府高級官員的住家。「住家圍籬內幾乎二十四小時都有兩位彪形大漢、錫克籍的侍衛兵輪流站崗。」甚至這個村落之被稱為白村，顯然也與英國殖民不無直接關係。從村中住家所在的空間安排已不難看出殖民主義的介入。

此時馬來亞尚未獨立，更遑論出現馬來西亞這個概念。不只空間安排顯示殖民主義的影響，在教育上這種影響也是清楚可見。哥打峇魯市內就有兩家英文學校，一家男校，一家女校；黃遠雄家附近的馬來三輪車夫鄰居伯來曼把獨生子邦亞里送到英文男校念書，還被譽為「是一項開風氣之先的壯舉」。黃遠雄對其殖民主的對街鄰居其實著墨不多，這些鄰居與村中鄰里的日常生活也似乎毫無關係。譬如說，黃遠雄家人以烘焙麵包為業，竟未見這些以麵包為主食的

白人鄰居與其家人之間有何互動。這也見證了殖民主與被殖民者雙方生活空間無形的隔離狀態。只是透過後記憶（postmemory）的追溯，黃遠雄對殖民主在太平洋戰爭中的怯弱無能卻也不假辭色：日軍未到，平日「養尊處優的英國殖民軍隊，竟然不敢與之正面交鋒抗禦」，不是逃之夭夭，就是棄械投降，新馬很快淪陷，因此才有日後官方避談的三年八個月的日據歲月。

　　《東北季候風中的歲月》全書終於一九七一年，此時黃遠雄已經離開吉蘭丹白村老家，遠走新加坡，當海員不成，卻像「孤魂野鬼般……來到芽籠士乃一間鐵廠當學徒」，而定居長堤另一頭的新山則是後來的事。除了日本南侵與英國的殖民統治，書中所敘的另一件影響深遠的國家大事則是一九六九年五月十三日的種族暴動。黃遠雄當時已是一位高三學生，在事件發生近五十年後，他這樣回憶老家附近的情形：

> 在事件爆發的那天傍晚，好心的馬來屋主前來提醒我們附近幾家華人租戶，說從當天起，凡入夜後軍警會在各角落實施戒嚴，希望所有人都留在家內，以策安全。他說放心，若聽到有什麼風吹草動，這附近範圍內的馬來居民會保護你們。

黃遠雄還特別提到，當時吉蘭丹州執政黨的回教黨（今已改稱伊斯蘭教黨）還在暴動發生後的第一時間，「通過從各大小城埠內的回教堂，呼籲街坊鄰里的馬來居民，發起睦鄰計畫，在華人區的商店和市場夜巡糾察」。——黃遠雄認為這是回教黨的政治操作。五一三種族暴動發生在數百公里外的吉隆坡，其時風聲鶴唳，連窮鄉僻壤都

不免波及。由於長期執政者諱莫如深，語焉未詳，五一三事件至今依然真相未白，國家創傷始終並未真正療癒，甚至某些極端馬來種族主義者不知節制，居心叵測，還不時故意舊事重提，並以五一三事件恐嚇華人，企圖從中撈取政治利益。從黃遠雄筆下描述的當時華巫兩大族群的關係來看，半島上的種族問題迄今非但未曾獲得解決，反而治絲益棼，糾葛難解。

這麼說無非為了指出，黃遠雄這部《東北季候風中的歲月》所敘各節主要發生在五一三事件之前，國家雖歷經馬來亞的獨立與馬來西亞的成立，畢竟新經濟政策尚未頒佈實施，種族政治也未如排山倒海那樣，無孔不入地滲透到國家的政治、經濟、教育、文化等各個層面。黃遠雄所成長的偏鄉白村可說具體而微地象徵着前五一三那個種族和睦共處的世界：

> 老嫲吉知道我們幾個饞嘴嗜甜的小孩，在這段時間剛睡醒，一定匿藏在附近，只需老嫲吉輕輕一喚我們的名字，我們就會躡手躡腳出現在她面前。老嫲吉很疼惜我們，她會用小片香蕉葉盛着一些我們愛吃的糕點，甜膩的飯團，把我們的嘴塞得滿滿。幾乎每天，都得勞駕母親親自過來，又叱又罵的把我們押解回去。老嫲吉笑瞇着眼說：「小孩子嘛，就該多吃些，才能快高長大。」

老嫲吉是黃遠雄的鄰居，一位馬來老婦，靠着販賣馬來早餐糕點，與兩個女兒相依為命。這些不起眼的日常生活細節至為重要，因為簡單的敘述與對話所呈現的是一個族群關係祥和、互助友愛的烏托邦世界——只不過這個烏托邦確實存在過，在種族政治還未籠天罩

地宰制族群關係的時代。

　　這樣的族群關係其實在某種意義上也界定了黃遠雄的童年與少年歲月。那是一個物質生活貧瘠的年代，黃遠雄家人租用了一排四間毗連的雙層板屋之一，其他三間裡有一間空着。除了老嫻吉與其女兒外，另一間住的是理髮師伯蘇夫婦與他們的兩個女兒。這個社區另有一家海南人經營的咖啡店，而在咖啡店後面尚有一間浮腳樓，住着年輕的伯來曼與其上英文男校的獨子邦亞里。當然還有住在一間破屋、後來成為黃遠雄玩伴的邦惹卡利亞與邦哈山兩兄弟。伯蘇經常免費幫黃遠雄和他的弟弟理髮，伯來曼則以極便宜的收費接送黃遠雄姐弟上下學。邦惹卡利亞兄弟甚至一度受僱於黃遠雄父親的麵包店。簡單言之，在黃遠雄的成長過程中，這些異族鄰居其實扮演了不亞於親朋戚友的角色，為他的童年與少年時代增添了種族、文化與宗教多元的色彩。

　　在個人的層面上，《東北季候風中的歲月》更是一部誠懇坦率的著作。黃遠雄對其家中親人與這些親人之間的關係頗多觀察。他的父親從唐山離散南來，在新山一家麵包店待過，因此搬到吉蘭丹的白村後即以烘焙麵包為業——其顧客不乏左鄰右舍的馬來人，顯然那時候沒人在意那些麵包是否為清真食物。黃遠雄的父親上過私塾，通文墨，勤奮負責，一生夢想創設一家餅乾廠，最後勉強夢想成真，卻因忠厚老實，向經營咖啡豆生意的鄰居朱家三兄弟告貸，並承諾將餅乾產品交由他們代理。這個承諾使他的努力成果盡為朱家所有。黃遠雄認為他父親「好高騖遠又過於高估自己」。就在五一三事件後第二天，他向父親表明無意接手餅乾廠——這可能是五一三事件對

他個人特有的意義。

　　黃遠雄筆下的母親是位任勞任怨的傳統家庭婦女，家是她全部的重心。也因為如此，對一意孤行的丈夫很不以為然，夫妻時生齟齬，最後形成陌路，母親甚至帶着黃遠雄姐弟另外賃屋居住，並在市區內開起家庭式麻將館自謀生路。而在黃遠雄童年生活不時為這個家庭撐起一片天的則是他的外婆。她是黃遠雄筆下的老佛爺，在他家「垂簾聽政的日子，父母親不敢大聲說話，只管偷偷打眼色」。她住麻坡，每年不定期有幾次到東海岸來為小女兒分憂分勞，照顧幾位外孫。《東北季候風中的歲月》書中有幾篇專寫外婆，黃遠雄對這位強勢的外婆語多懷念，特別在一九七〇年代他離家在新加坡工作那幾年，他才體會到外婆處境的艱難：「試想當時六十多歲高齡的外婆，以枯瘦的身影和蹣跚的步伐，每年最少三或四趟，從遙遠的麻坡峇克里，孤身隻影地乘搭長途的夜班火車，雙手揪帶滿滿的手信和土產，帶到窮鄉僻壤與我們擠着同住。」黃遠雄之可敬在於，數十年後寫下這些文字時，他能夠坦然面對親人留下的種種記憶，有歡樂，也有苦惱，甚至還有不堪，這樣的感情糾結在《東北季候風中的歲月》中所見多是。

　　《東北季候風中的歲月》最後有十來篇敘寫黃遠雄少年時代的文學經驗：他如何邂逅《兒童樂園》月刊，如何迷上取材自中國章回小說的連環圖，如何認識熱衷推廣文藝的同學戴好（戴錦銘），如何一口氣向他買下三本詩集，如何知道因散文創作而有文名的期之，如何第一次向《學生周報》的「詩之頁」投稿，如何在《學生周報》的「文藝專題」發表「被刪改得雞毛鴨血」的詩作，如何主編學校華

文學會的油印刊物《學生作品》，又如何遠赴八打靈再也《學生周報》的編輯部與當時的編輯李蒼和悄凌見面。這些情節拼湊起來正好構成一幅「一位年輕藝術家的肖像」，同時也意外地為一九六〇年代的馬華文學界留下若干難得的身影。在〈初會李蒼〉一篇中，黃遠雄敘述他走訪《學生周報》編輯部的經過。李蒼者，即當時任《學生周報》編輯的我。因此我是當事人之一，可惜半個世紀後，當時的許多細節我已經不復記憶。黃遠雄提到我曾經寫過七封短信向他邀稿。他非常念舊，在不同場合多次提起這件事。其實他今日的文學成就我無論如何不敢居功，人與人之間各有因緣，五十年前的多次邀稿如果竟因此讓我有緣為他這部誠摯感人的自傳散文寫序，這樣的因緣卻是當年我所無法想像的。

——二〇一八年四月八日於臺北

† 本文為黃遠雄著《東北季候風中的歲月》（居鑾：大河文化出版社，二〇一八年）一書的序文，初刊於馬來西亞《星洲日報・文藝春秋》（二〇一八年六月三日）。

記憶的書：

讀林春美的散文集《過而不往》

　　《過而不往》收散文四十七篇（或四十六篇，其中一篇分上下兩部分），為林春美自一九九四年至二〇一七年二十餘年間的主要散文結集，內容駁雜，關懷多元，因時日推移，生活改變，作者在寫作題材上因此多有變化。不過若稍加歸納，卻也不難將這些繁雜的題材理出若干頭緒。林春美其實也以分輯的方式將這些散文大致歸類。第一與第二輯分別題為「檳城，1994」與「檳城，2010」，所收諸文多與作者少年時代的檳城舊居、家事及親人有關，有些顯然又不止在書寫家人家事而已，尚且涉及檳城某些社群聚落的舊時舊事。第三與第四輯分別題為「記憶，2007」與「虛歲，20XX」，這兩輯的文字則多環繞作者的大學校園生活，有回憶青澀的求學歲月，更多的是教學生涯的省思與日常生活的體驗。最後一輯的「結局，1988」只

收長文一篇，題材迥異前述數輯，林春美以夾敘夾議的方式檢視馬共指揮員張佐與其下屬彭峰和毅明夫婦撲朔迷離的革命生涯，事涉忠誠與背叛，在馬共史上，這樣的故事或許只能算是作者所謂的「瘦弱而毫不起眼的旁枝」而已。無論如何，這一篇的主要關懷和行文風格確實與其他各篇截然不同。

　　第一輯八篇應該完成於一九九〇年代中期；過了十餘年，即二〇一〇年後，林春美才陸續寫作第二輯中的十餘二十篇。這些散文或懷人，或記事，或憶往，多少帶有懷舊或傷悼的意味，一方面追憶作者十五二十時的青春年華，另一方面記述檳城流逝的歲月，並嘗試描繪這個島城舊日不復可尋的若干面貌，或可納為晚近檳城書寫的一部分。我偏愛林春美這一系列散文。對我而言，這些散文讀來不僅親切，亦且喚起我少年時代某些日漸模糊的記憶。實則林春美的成長時代距我離開檳城已經頗有時日，不過她舊居所在的風車路我至今仍有印象，就像她在〈報攤〉一文中所感歎的，「原來生命中離得近而使人自認為熟悉的東西，往往卻是注定被人忽略甚至輕易忘記的」。這幾年有機會返回檳城，即使只待兩三天，我花最多時間尋覓的正是這些曾經自認熟悉，卻在記憶中逐漸陌生的東西——包括某些昔日常去的地方。

　　這些地方有不少出現在林春美的散文中，譬如〈五盞燈〉一文所提到的五盞燈，即是我年少時經常路過的地方。一九六〇年代初我在鍾靈中學念書，最初幾年就寄居在百大年路外祖父家裡。百大年路位於柑仔園，假如我要前往檳榔路，或林春美老家的風車路，或更遠一點的社尾與杳田仔，那就非路經五盞燈不可。五盞燈不是

路名，嚴格說只是一個交通圓環的民間代稱，而且只流傳於華人社會，我不清楚其他族群如何稱呼這個地方，當年官方的正式名稱是Magazine Circle。在我的記憶中，這是檳城幾條重要街道的交會點，即使在一九六〇年代，這裡交通也頗為繁忙，圓環正好發揮緩衝的作用。後來可能這個功能已經失效，到了林春美追憶五盞燈的年代，圓環被剷掉了，從這裡通往她老家的風車路甚至改成單行道。〈五盞燈〉一文寫的是檳城某個地方的前生今世，是檳城因社會變遷以致地貌改變的一個縮影，林春美追念的其實是幾個世代的消失，因此她最後以略帶抒情的口吻說：「這是一個失落了的地方，先是失落了路口的五盞燈，最後逐漸失落了名字。」

　　這樣的鄉愁有時候還夾帶着以市井傳說掩飾的歷史記憶。同樣在〈五盞燈〉一文裡，林春美假託「聽說」的修辭，召喚檳城在日據三年八個月的殘酷物語：「聽說那是舊早日本手的時候，機關槍掃過，屍體躺了滿街，膽大的人走進死人堆中，解下他們穿戴的飾物。聽說有人甚至撿了一美祿罐的戒指金鍊，從此晚年無憂。聽說後來那個地方，夜裡常有人聽見操兵的聲音。只是又聽說後來走動的人多了，陽氣重了，那聲音漸漸地不再聽聞。」「舊早日本手」這樣的修辭應該只能出現在北馬說福建話的作家筆下，而這段引文敘述的日軍暴行所勾喚的，正是檳城前輩作家依藤在《彼南劫灰錄》中留下的集體創傷記憶。《過而不往》有不少散文透露了類似的歷史意識，像〈告別聚寶樓〉、〈路與過客〉、〈輔友社〉、〈山色蒼蒼〉等篇，隱約將檳城的命運置入像英國殖民、辛亥革命、太平洋戰爭等重大歷史事件中，增添了這些散文的歷史縱深度。

　　《過而不往》第一、二輯中提到另一個觸動我年輕記憶的地名是春滿園。在林春美的少年記憶中，這個地方一樣至關緊要。春滿園就在風車路附近，距林春美舊居應該只是咫尺之遙，在〈最遠的地方〉一文中，林春美用檳城的福建話說，那距離只是「時鐘紅針免一輪」——「紅針」一般指的就是秒針。在林春美的記憶中，春滿園並非地如其名，此地既無「園」，當然更無滿園春色。春滿園只是各種店家匯集，販售禮品與日用品的地方，用林春美的話說，「就是如此再真實不過的物質基地，無從遐想」。〈最遠的地方〉文中的春滿園最令她著迷的反而是那裡的租書店。別人可能沉湎於人物有六塊肌的漫畫，她卻獨鍾「古龍短句的冷酷和金庸長文的深情」。她說：「我從租書店找出的兩人多冊經典秘笈，封面陳舊，紙頁發黃，偶有折痕，顯然已先有閱者無數。但仍無礙我捧卷追讀。我文學閱讀的入口，興許就在此處。」

　　很多人可能都有類似的文學啟蒙經驗。我對春滿園的租書店已經毫無印象，只記得那裡的幾家小書店。那是一九六〇年代初，鍾靈一般下午是不上課的，我放學回到外祖父住家後，經常在午後沿着柑仔園步行到春滿園，我早年擁有的五四時代作家的創作與譯作大都來自這些小書店。記憶中最深刻的是《少年維特的煩惱》和《普希金抒情詩集》——前者應該出於郭沫若的譯筆，後者則要到若干年後我才知道，其譯者查良錚原來就是著名詩人穆旦，而查良錚與金庸（查良鏞）甚至還是遠房親戚。很可惜這些書在我離開檳城之後就不知去向了。讀林春美的散文竟然讓我陷入半個多世紀前的記憶深處，我甚至依稀記得其中一家書店長相斯文的中年老闆。

　　《過而不往》中還有一組散文涉及林春美的舊居與祖輩，講述的是離散華人如何胼手胝足、落地生根的故事，其中包括〈聚寶樓〉、〈告別聚寶樓〉、〈說起我外祖父〉、〈同宗〉等，筆觸恬淡，娓娓道來，令人動容。聚寶樓是林春美成長的舊居，據她的描述，看起來是一家由福州人經營的典型咖啡店。在〈聚寶樓〉一文中，林春美從外食想到檳城的美食，並因此惦記起自家咖啡店的小食；她藉食物訴說對家與家人的懷念，鄉愁則逐漸由淡轉濃：「聚寶樓是一間咖啡店，在本世紀初年的艱苦歲月裡由一個唐山阿伯創立。唐山阿伯是福州人，雖然已經過世多年，但祖傳的紅糟雞、福州魚丸、燕皮和豬腳黑醋，卻還是帶着一種鄉土的意緒，吃下胃裡，會化成一種情意結，以供日後難分難解。」淡淡幾筆卻具體而微帶出家族的離散源頭，鄉愁就潛藏在平凡的食物裡。只是聚寶樓不但是作者的家，其意義也非僅在標誌華人的離散記憶而已，聚寶樓更見證了檳城的悲歡歲月。就像在〈告別聚寶樓〉一文中林春美所說的，「聚寶樓曾經與喬治市其他陳年商號一同見證日軍軍靴踐踏過街道，亦一同燻染過二戰的烽烟」。

　　類似的離散故事最能反映在林春美祖父的一生。這是個具有原型意義的離散華人的故事：年輕時南來，勤奮節儉，開創家業，隨後落地生根，開枝散葉，卻又不忘慎終追遠，想要為後人訴說唐山的故事，留下唐山的文化記憶，日久他鄉變故鄉，最後身埋新的故鄉。在〈說起我祖父〉一文中，林春美這樣總結其祖父的一生：「少壯南來，老病於斯，估算起來，他居住檳城的日子遠比居住故土的日子長。最終仰臥成大地，從此成為檳城青山的一部分，我不敢斷

言這會否是他所願意的。但我肯定，他更在意自己的血脈，在南洋一地，確能如綠水長流。」這不正是成千上萬早年南來的華人的故事嗎？因此對許多華裔馬來西亞人而言，這個故事其實具有普遍的意義。這麼說來，林春美書寫的顯然不只是其祖父的一生而已。這也是〈同宗〉一文中透過宗親會的故事嘗試勾勒的情懷。檳城多的是華人同姓「公司」的組織，如邱公司、謝公司等，也多的是同籍組成的宗親會，如福建會館、客屬公會等，〈同宗〉一文講述的正好是這些離散華人不肯忘本的故事。

《過而不往》第三與第四輯，如前所述，多與學院生活有關，有些篇章追懷作者初窺知識殿堂時受教的師長，有些屬於作者的閱讀箚記，有些則抒寫教學經驗，貫穿這些散文的一個重要題旨是歲月的流逝。與第一、第二輯的諸多篇章一樣，這兩輯的散文也多在追憶逝水年華；因此，若將這四輯散文合起來的讀，我們看到的隱約是一部記憶的書，林春美以數十篇散文追溯的是從少年以迄微近中年的生命軌跡，從學子到人師，從故園到異鄉，《過而不往》雖說是一部散文集，集中各篇組構的顯然是有人有事的生命敘事。

在追悼「馬華文選」課老師的〈過往的時光〉一文中，林春美的一小段文字最能清楚勾勒上述的題旨：

> 記憶，是停止成長的過去。可能美麗，可能醜陋，多少都帶點感情用事的虛構。二〇〇七年某月我回到文學廣場，記憶中寬敞多風的文學廣場，不可置信的變得逼仄而老舊。廣場上從前我們辦文學展覽的地方出現兩個不知是不是短期出租的攤子，一個擺賣墨鏡，一個不懂賣些什麼阿物。邊

> 角一小塊當年曾照進我們一幀美麗相片的草地，竟也變得比
> 記憶中小了許多。文學和廣場都起了變化，我們快步走過那
> 個現在即連名字都被胡亂縮減成「文廣」的地方。

這段文字看似平淡無奇，細讀不難發現字裡行間卻潛伏頗多暗潮。我認為這段文字最能含納或統攝林春美這本散文集的重要關懷：時光的流逝，空間的改變，世代的嬗遞，乃至於人事的變遷。歲月無情，世事蒼茫，唯一可以留住的恐怕只有記憶；而令人哀傷的是，記憶，不止像林春美所說的，「是停止成長的過去」，記憶還會在日月流轉中逐漸模糊，生疏，最後甚至徹底消失，渺無蹤跡。

這些關懷或多或少可見於〈記憶無磁卡〉、〈老去的方式〉、〈過不去〉、〈師說〉、〈同行〉諸篇文字。這些題材不一的散文在行文中隱然浮現的卻是上述的關懷。這裡試以〈師說〉為例。這篇散文從新經濟政策談起——這個自一九六九年五一三事件後，在一九七〇年宣布實施的政策，依作者中學公民課本的說法，目的在「重組社會與消滅貧窮」。在少女林春美的理解中，這跟武俠小說中替天行道的行為差可比擬，「刀光劍影都閃爍着毋庸置疑的正義」。到了林春美寫作〈師說〉的時候，新經濟政策——一九九〇年改稱國家發展政策——已經實施四十年。〈師說〉後文雖然避談新經濟政策，但作者卻不忘以孔子在《論語‧為政篇》所說的「四十不惑」暗喻新經濟政策已屆不惑之年，最後竟落得「只是願望，不是事實」。林春美的懊惱與失望可見於以下文字——這些文字雖然委婉迂迴，卻是《過而不往》集子中不多見的政治與社會批判。引文稍長，我覺得應該抄錄如下：

回望茫然如烟的歲月，感覺良好的不惑，好像只出現在我美
麗而短暫的青春期。少不更事，容易將自己交託給書本、給
老師、給大人之言、給一切堂皇的道理，然後放心的相信，
所有選擇題，都將只有一個正確的答案。直到後來，籌集漸
多的歲月與履歷後，才逐漸發現，原來很多答案事先就指導
好了問題，而很多問題根本就不在乎答案。就像很多宏偉的
目的在設下之初已沒打算達致，很多漂亮的準則在制定之際
已默許了違規，很多聳動的說法掛滿漏洞卻還是被人擁抱，

很多不屑再躲藏的狐狸尾巴被解說成點綴裙裾的蕾絲鑲邊。
最後一段話說得相當露骨，無異直指事情的核心，戳破事實的表象。
這些感歎與批評無一語指向新經濟政策，只是〈師說〉一文既以新
經濟政策起始，這些文字之話中有話，意有所指，毋寧是件自然不
過的事。這段文字當然也說明了歲月的變化如何教一個人洞察世事，
通達人情。

在結束本文之前，我想談談《過而不往》集子中最後的長文〈歷
史不透光的書頁〉。這篇長文敘議兼具，文中所敘事件主要環繞馬來
亞共產黨在與政府談判前夕，其第六突擊隊指揮員張佐及其若干隊
員被捕的經過。此事不僅涉及背叛與忠誠，箇中細節更彷若羅生門，
前後事實版本甚多，以致疑雲重重，真相難明。林春美除參酌當事
人張佐的回憶錄與若干馬共檔案外，還親自訪談她無意中遇見的關
係人彭峰和毅明夫婦。即使如此，這些當事人只能說是林春美所謂
的「背負沉重的歷史責任」的人，只不過這樣的歷史責任最終如何
歸屬，卻因事件始末各有說法，最後落得治絲益棼，所謂真相實與

摸象無異。用林春美的話說，「歷史，那些已為世人知曉的著述與言說，還有很多不透明的章節。」這樣的歷史虛無主義可能更接近事實真相。儘管如此，〈歷史不透光的書頁〉一文多少也寄託着林春美對失敗者的憐憫與同情，尤其當歷史敘事多由勝利者宰制，多的是官方說法的時候。因此在結束這篇長文時，她說：「但與此同時你或許也應該知道，有人確實如此度過他們的餘生──在那個歷史輝光透不到的所在。」

〈歷史不透光的書頁〉長文所透露的歷史虛幻，在某個意義上，其實也緊扣《過而不往》整個集子的主要關懷。馬共數十年的鬥爭在歲月的煎熬中師老無功，時代的洪流滾滾向前，現實無情，世代交替，日後一部部回憶錄或一篇篇訪談雖然奮力講述「我方的歷史」，只是青山依舊在，幾度夕陽紅，烏托邦的幻滅最終果然只能空留回憶而已。從這個角度看，〈歷史不透光的書頁〉這篇長文在題材上看似與《過而不往》集子中其他篇章大不相同，只是若細加追究，其終極關懷與集中諸文者應該還是若合符節的。

這麼說來，《過而不往》確實是一部有關記憶的書。

──二〇一八年九月十一日於臺北

† 本文為林春美著《過而不往》（八打靈再也：有人出版社，二〇一八年）一書之序文，並曾刊於《季風帶》季刊第十期（二〇一八年十二月）。

離散與文化記憶：
談晚近幾部新馬華人電影

一

　　在飛往倫敦的新加坡航空公司班機上一口氣看了幾部陳子謙的電影，看後頗多想法，其中有若干想法可以稍加鋪陳，正好作為本文的開始。新航班機上的娛樂節目安排了四部陳子謙的電影，目的在推銷新加坡的電影工業，陳子謙無疑是近年來深受注意的電影導演之一。班機上播放的片子包括《十五》（2003）、《881》（2007）、《十二蓮花》（2008），以及陳子謙的短片集。

　　《十五》是以青少年為主的所謂幫派電影。過去一、二十年，好萊塢的黑人電影有不少以此為題材，著名導演如辛格頓（John Singleton）、凡畢柏斯（Mario Van Peebles）等在這方面建樹頗大，形成了特定的電影類型，在好萊塢的電影工業中獨樹一幟，自成傳統。

黑人的青少年幫派電影多環繞美國城市內部年輕非裔美國人所面臨的社會問題，主要為毒品與暴力等，電影文本背後的主導符碼幾無例外往往是美國社會中根深柢固的種族問題。陳子謙的首部劇情長片《十五》雖然不脫毒品與暴力，但是在內容與手法上卻另闢蹊徑，令人驚喜。毒品與暴力之外，陳子謙還在影片大膽帶進性愛、自殺、疏離、逃家等素材，似乎要把所有青少年的問題一網打盡。《十五》雖然是部劇情片，不過在影像處理上卻可見陳子謙仰賴紀錄片與實驗電影的地方。電影中穿插饒舌歌曲與街頭對罵，又多少讓我們想起黑人青少年幫派電影中常見的元素，在層次上與一九九〇年代流行一時的古惑仔港片顯然大不相同。晚近紹續古惑仔那種街頭群鬥傳統的反而像是新加坡的《歲月》和臺灣的《艋舺》等青少年幫派電影。

在《881》和《十二蓮花》這兩部劇情片中，陳子謙顯然放棄了《十五》一片的實驗性與批判性，以聲光豔彩掩飾通俗討好的題材，拍出了故事陳舊，敘事粗糙，卻意外地相當動人的電影。這兩部電影有歌有舞，算得上是歌舞片；貫穿這兩部片子的主題歌曲是〈十二蓮花〉，加以影片的故事與背景雷同，我們不妨把這兩部電影視為姊妹篇。歌曲〈十二蓮花〉也因這兩部影片而大為流行，許多歌臺藝人無不爭唱這首電影主題曲，一時之間新加坡街頭彷彿處處傳唱〈十二蓮花〉。陳子謙以新加坡庶民娛樂中常見的歌臺表演為背景，召喚中年以上影迷的記憶，將數十年前流行一時的「歌女淚」的電影情節重新包裝，悲情不減，淚水依舊，搭配上歌舞者極盡炫麗誇張的舞臺服飾與定型化的賣力演出，的確相當成功地製造了電影的

娛樂效果。

《881》（881 諧音 papaya，木瓜之意）的主角木瓜姊妹因喜愛唱歌，獲得所謂仙姑之助，經仙姑施法，歌藝脫胎換骨，因此走紅歌臺，不意卻招來對手榴槤姊妹的嫉妒，引發雙方的鬥歌。雙方於是招兵買馬，展開一場鬧劇式的善惡正邪之鬥。木瓜姊妹善良純樸，榴槤姊妹則逞強好鬥，何況背後還有黑幫大哥撐腰，雙方形成強烈對比。觀眾都知道，這場鬥歌是身染絕症的小木瓜的最後一搏，其高潮當然是小木瓜油盡燈枯，身倒歌臺。接下來在醫院中木瓜姊妹相擁而泣，栽培她們的蓮姨也在病房外淚水漣漣，三人輪唱〈十二蓮花〉，歌聲悲悽，令人動容。

在《十二蓮花》一片中，陳子謙更將〈十二蓮花〉一曲十二章節緊扣歌女劉蓮花的一生，講述劉蓮花如何遭受父親家暴，如何情場被騙，又如何慘遭強暴的故事。陳子謙彷彿帶我們回到法治不彰、弱肉強食的時代，癡情歌女遇人不淑，又為黑暗勢力所蹂躪，以致長期自閉，喪失神智。這樣的故事似曾相識，在過去「歌女淚」的電影中，類似的情節所見多是。〈十二蓮花〉一曲的十二章節正好借來詮釋劉蓮花一生的悲慘命運。

就題材而言，陳子謙這兩部電影實在談不上有何新意，除了以酬神演出的歌臺舞榭為背景，貼近新加坡一般庶民的生活，帶有那麼一些本土色彩之外，很難想像類似的故事今天還會發生在新加坡這樣的社會。甚至像〈十二蓮花〉這樣的曲子，擺在目前流行歌曲的脈絡裡，聽起來也不免恍如隔世。不過這也是陳子謙敏銳過人的地方。《881》與《十二蓮花》這兩部電影的對白語言混雜，但以福建

方言為主，相當準確地反映了新加坡廟堂之外一般庶民日常生活中的語言狀態。〈十二蓮花〉這首曲子當然不是新的創作，歌詞除外，其曲調數十年來在閩南、臺灣及東南亞福建離散社群中流傳不輟，對福建移民後裔而言，可能連繫着好幾代人共同的文化記憶。各地的傳唱方式和場合容或不同，歌詞也可能因地制宜，為反映不同地區的實際生活而內容多有變異，但其曲調在各地閩南離散社群中流傳已久，對許多人而言早已耳熟能詳，陳子謙所做的就是重新召喚這些人的文化記憶，為這些人重新勾勒新的離散想像。從這個角度來看，這兩部電影的指涉就不再局限於新加坡一時一地，而是更廣泛的被〈十二蓮花〉的曲調所連結的福建離散社群。

在以上的討論中，文化記憶這個概念顯然相當重要。這個概念背後的假設是，有些記憶超越個人與社會，可以被視為某種文化現象。緬懷文化雖然是現時當下的活動，但是其指涉卻屬於過去，是對過去的不斷重述與修飾；更重要的是，文化記憶也塑造了未來。[1]因此文化記憶應該是鮮活而生生不息的，並非過去的紀錄、檔案或遺跡而已；文化記憶不僅將不同世代的人連繫在一起，其實也聯結了一個種族、族群、社群或國族的過去、現在及未來。

我沒有音樂史的訓練，無法對〈十二蓮花〉曲調的傳唱與流變深入研究。不過這也不是我的目的。這個曲調何時和如何傳入新加坡，恐怕一時也不可考。可是對住在臺灣的人來說，毫無疑問這是

---

[1] Mieke Bal, "Introduction," in Mieke Bal, Jonathan Crewe, and Leo Spitzer, eds., *Acts of Memory: Cultural Recall in the Present* (Hanover and London: Univ. Pr. of New England, 1999), p. vii.

在民間已經流傳數十年的〈牛犁歌〉的曲調。即使到了今天，在許多民俗演唱的場合中，〈牛犁歌〉仍然深受表演者和觀眾的喜愛。因為〈牛犁歌〉曲調簡單動聽，流傳已久，深入民間，許多人都會哼上幾句，所以臺上臺下很容易打成一片，成為許多認識或不認識的人共同的文化記憶。〈牛犁歌〉的曲調在臺灣傳唱與流變的過程眾說紛紜，有謂其來自明末清初漳、泉一帶，為引進臺灣的車鼓戲〈牛犁陣〉的主要曲調；有謂其源於臺灣西拉雅族在追念祖靈的夜祭儀式中傳唱的祭歌；也有謂其原為歌仔戲（新馬一帶所稱的福建班）演唱梁山伯與祝英台的悲劇中〈送哥調〉的曲調。這種多源頭或源頭不易考訂的情形為一般民間曲藝所常見，其實不足為奇。目前臺灣所流行的〈牛犁歌〉歌詞為許丙丁所填寫，詞意主要在抒寫農村生活的苦樂，很能激發臺灣傳統農村社會的共鳴。在舞臺演唱時，舞蹈部分通常有一位舞者戴上牛頭，飾演老牛；另有若干舞者以農夫和農婦的簡樸打扮，荷鋤挑籃，逗弄老牛，舞步簡單，易學易懂。這與《881》和《十二蓮花》這兩部電影中歌女演唱〈十二蓮花〉時華麗炫眼的舞臺效應不可同日而語。[2]

　　在這兩部影片中，陳子謙不僅巧妙地將流傳於臺灣農村小鎮的樂曲轉換為新加坡街坊酬神歌臺的演出曲目，他還大量擷取或徵引過去二、三十年流行於臺灣歌壇與小鎮夜市的閩南語歌曲，加以改頭換面，以不同的面貌穿插在電影的情節中。這個現象所造成的互

---

[2] 這段有關〈牛犁歌〉的說明主要參考下列文獻：于蘇英、陳安琪，《萬年香火：臺灣歌謠的承傳》（北港：財團法人北港朝天宮，1993），頁68；與簡榮聰，《臺灣農村民謠與詩詠》（南投市：臺灣史蹟源流研究會，1994），頁97。

文關係（intertextual relations）可以為這兩部影片的詮釋帶來新的面向，一方面說明了臺灣閩南通俗文化對新加坡（甚至馬來西亞）福建離散社群──大約如麥留芳所說的方言群認同的影響，[3]另一方面也提醒我們，文化現象環環相扣，最忌孤芳自賞，否則容易陷入貧民窟化（ghettoization）。陳子謙的電影不僅展現了新加坡庶民文化的充沛活力，非常自信地重新串連移民與離散社群的文化記憶，同時也豐富了我們對臺灣閩南文化的離散想像。即使新加坡華人已經進入胡其瑜（Evelyn Hu-Dehart）所謂的後離散時代，[4]我們發現，後離散情境未必就會或者就要切斷歷史或文化上的離散連結。

　　離散意識本來就跨越不同的國家疆界。今天我們能夠討論黑人或愛爾蘭人的離散意識，即是出於這樣的認知。英國黑人文化學者季洛義（Paul Gilroy）在研究英國黑人政治與文化時就一再召喚黑人離散意識，儘管英國黑人來自四面八方，有些在英國落地生根，已經居留了好幾代人，早已成為英國的臣民。季洛義認為，英國黑人的政治與文化意識不僅根植於他們在英國的過去與現在而已，同時也來自英國領土以外黑人離散的歷史經驗與文化記憶。他說：「重要

---

[3] 麥留芳，《方言群認同：早期星馬華人的分類法則》（臺北：中央研究院民族學研究所，1985）。

[4] 胡其瑜認為新加坡人口多數為華人，又有一個基本上由華人掌權的政府，離散華人已經建立了一個未被祖國控制的華裔國家。「臺灣似乎也想取得同樣的自主性，但香港華人的時間恐怕已經過去。在這些地方，我們現在可以說華人已經進入後離散時代。」見 Evelyn Hu-Dehart, "Afterword: Brief Meditation on Diaspora Studies," *Modern Drama* 48.2 (Summer 2005), pp. 436-37。

的是，黑色英國要將自己界定為離散的一部分。黑色英國的獨特文化從黑人在其他地方發展的文化獲得靈感。特別是，黑色美國和加勒比海的文化與政治已經成為英國創作的素材，這些素材重新界定黑人的意義，並將這個意義調整以適應英國特有的經驗與意義。黑人文化就是這樣被積極地創造與再創造的」。[5]季洛義這一席話應該可以作為上述討論的註解，他的話也清楚指出：離散意識的構成往往超越國家疆界。[6]顯然，文化分析不只應該重視共時的、平面的經驗，也必須納入經驗中歷時的、垂直的面向。這就是胡其瑜所說的，「離散描述穿越空間與時間──也就是歷史──的人類劇情」。[7]

二

陳子謙這兩部電影也告訴我們，文化記憶在離散研究中是個值得深思探究的議題。一個人可以成為某個國家的公民，但他的文化

---

[5] Paul Gilroy, *"There Ain't No Black in the Union Jack": The Cultural Politics of Race and Nation* (Chicago: Univ. of Chicago Pr., 1999 [1987]), p. 154.

[6] 洪宜安（Ien Ang）後來在討論離散和混雜的一篇論文中也有類似的看法，他甚至把離散視為超越國界的解放力量。他說：「離散不僅被擺在與國族國家直接對立的位置，同時也隱然被視為足以**超克**國家疆界束縛的主要社會與文化構成──透過離散這個方式人們可以超越國家地互相想像與連結。當代許多討論離散的學術與流行著作在在表示這種跨國離散的想像是一種解放的力量」。見 Ien Ang, "Together-in-Difference: Beyond Diaspora, into Hybridity," *Asian Studies Review* 27.2 (2003), p. 143。

[7] Hu-Dehart, "Afterword," p. 435.

記憶未必一定只能以國家單位來界定，他的文化記憶往往指涉更為廣闊的離散社群，陳子謙的兩部電影是很好的例子。在以下的篇幅中，我想再以馬來西亞導演周青元的《大日子》（2010）和新加坡導演李天仁的《笑着回家》（2011）進一步申論上述的看法。

　　這兩部電影雖然分屬不同導演的作品，但是風格頗為相近，大抵為笑鬧的喜劇片或所謂的賀歲片，與陳子謙的《881》和《十二蓮花》可說大異其趣。周青元的《大日子》主要的情節發生在馬來半島東海岸關丹一個叫米昔拉的漁村。跟福建、臺灣等地濱海的漁村一樣，當地有一家小廟供奉天后娘娘媽祖。漁村有一綿遠流長的傳統，即每隔一甲子在祭祀媽祖當天，村人循例要表演舞虎酬謝媽祖。村人舞虎而非舞龍或舞獅，即表示這個小漁村既認同更大的文化傳統，但也自這個大的文化傳統中逸軌，自成小的傳統。不過重要的是，這個文化傳統必須延續下去。漁村中唯一在六十年前曾經表演舞虎的連八記如今已經風燭殘年，加上腰部受傷，漁村又沒有其他年輕人可以接棒，眼看後繼無人，舞虎的習俗就要失傳，六十年一次的酬神演出就要中斷。連八記的二孫女連蓉以醃製鹹魚為生，不忍見祖父失望，於是登報以高薪招聘肖虎的年輕人成立舞虎團。已被銀行革職的保全人員阿炳、咖啡店的炒粿條小販阿發及造型攝影師阿 Rain 因工作發生問題，主動或被動地來到漁村，應徵舞虎的工作，加上滿腦子生意經的村長的兒子 Alan 和一腦袋功夫夢的大學生 Bobby，就這樣從天南地北來到米昔拉漁村，為延續漁村的文化傳統組成舞虎團，在連八記的指導下苦練舞虎。可以想像這五位都市青年練習舞虎的過程必然笑鬧不斷，過程儘管一波三折，最後總算成

功演出，六十年一次的傳統不致於中斷；非僅如此，經過媒體的報
導，這五人舞虎團竟然一夕成名，廣告和演出通告應接不暇，非但
擺脫窮困，阿發和連家大孫女連心也重修舊好，阿炳與連蓉更在朝
夕相處之餘產生情愫。影片另一個橋段敘述同村的阿平夫婦在連生
四女之後喜獲麟兒的故事；電影結束時，所有的角色都返回漁村，
參加阿水兒子的滿月喜宴，村民團聚，一片祥和，天空綻放煙火。

　　《大日子》最值得稱道的地方是道白鮮活流暢。這也是近幾年
來新馬華人電影常見的特色。《大日子》角色之間的對白平實有趣，
混雜了多種語言，主要包括華語、粵語、客家話、福建話、馬來話
等，而且語言之間轉換自然順暢，令人嘆為觀止，很能夠反映新馬
華人社會的語言狀態，十足再現了離散社群在語言上的混雜與變種
情形。阿發與連心一向以華語交談，可是他們的對白偶然也會摻進
一、兩個字的馬來語。娘娘腔的阿 Rain 更是精彩，一段簡短的道白
中經常是英語、華語、粵語及馬來語混用，簡直把離散社群中語言
的變形與混血現象推到極致。不過這也是新馬華人社會中早就存在
的語言狀況。要在離散社群中強求語言的純淨是不太可能的，其實
既沒有必要，同時也不切實際。離散社群所面對的大抵是後殖民學
者巴巴（Homi Bhabha）所說的「幾乎是，但又不全是」（almost but not
quite）的語言混雜狀態。

　　《大日子》這部影片最重要的題旨，可以用影片中的長者連八
記對電視記者說的話來概括，那就是：「記得歷史，記得文化。」整
部電影可以被視為連八記這句話的詮釋。米昔拉是個位在邊陲的小
漁村，似乎人口不多，整個村落除了連八記、村長等幾位較年長的

居民外，其他人恐怕都沒親眼見過真正的舞虎演出。不過有趣的是，也許經過村民長年的口傳渲染，舞虎卻也成為全村老少共有的文化記憶。這個文化記憶將全村凝聚在一起，共同面對歷史可能斷裂，傳統可能消逝，文化可能斷層的危機。不要小看米昔拉漁村所面臨的文化危機，在象徵意義上，這也可能是一般離散社群經常面臨的危機。如何讓文化記憶在時間的嬗遞中不被遺忘，如何讓傳統文化能夠延續下去，往往是離散社群必須面對的重大挑戰。米昔拉村民齊心合力的壯舉之所以令人動容，道理就在這裡。除了連八記那幾句「記得歷史，記得文化」的大道理外，村民大概也說不出冠冕堂皇的話，但他們都知道延續傳統文化，留住文化記憶的重要性。

米昔拉漁村也面臨人口學上所說的年齡老化、青壯人口外移的問題，這個問題除隱含社會與經濟上的意義外，也有文化上的意義。由於缺少新血，文化傳統的承傳發生了危機，我們在電影中看到，這個危機必須由村民結合外來的力量共同化解。幾位從城市來到漁村的年輕人，雖然基於不同的理由加入舞虎團，但是在連八記和村人的教導與協助之下，扛起了延續文化傳統的重責大任，讓米昔拉漁村的文化記憶不致於在時間的流逝中逐漸為村民所淡忘。另外有趣的是，幾位原先在職業和愛情上飽受挫折的年輕人，在演出舞虎之後，竟然揚名立萬，不論情場和職場都柳暗花明。這個故事對離散社群顯然另有寓意。這個寓意是：文化傳統並非一無是處，其生命可以生生不息，綿遠流長，這幾位年輕人就在文化傳統中找到出路。

不過這個過程並不是那麼行雲流水，順遂無阻的。連蓉因付不

出團員的薪水，舞虎團一度面臨解散。虎頭更在演出前夕毀於黃牛，幾乎無法演出。後來還是村長想出辦法，以其年輕時編製竹籃的巧藝糊製了一個新的虎頭，這個創意無異於為文化傳統注入新的巧思，讓文化傳統能夠在不斷調整與修飾的過程中增添新意，而非一味抱殘守缺，不知變通，坐以待斃。我們可以想像，這個插曲將為米昔拉漁村的文化記憶增加新的元素或面向。若干年後，也許某一位曾經見證這個插曲的人會對新一代的村民說：那一年就在演出舞虎的前夕，虎頭被黃牛毀壞了，於是村長想出了一個辦法……。

我們很容易將米昔拉村民的故事放大，賦於這個故事嚴肅的族群寓意。這也許正是《大日子》這部影片的微言大義。米昔拉漁村只是個縮影，村民的故事說明了華人社會為維護文化傳統是如何艱辛不易。文化記憶是一個民族的活水源頭，不僅讓有些人找到生命的出路，也讓像米昔拉這樣的邊陲漁村有意無意間自我界定為離散社群的一部分。米昔拉漁村的天后娘娘廟雖小，跟福建湄洲、臺灣北港、大甲或台南，乃至於日本橫濱的天后宮無法比擬，但是廟無大小，媽祖信仰卻將這些地方連結在一起。單從這個角度來看，我們恐怕就很難質疑《大日子》這部電影的離散意義。

李天仁的《笑着回家》情節較《大日子》來得複雜，影片明顯分成幾個線路發展，講述幾個人物不同的故事，不過這些故事最後都導向一個結局，那就是華人農曆年除夕的圍爐團聚。電影中的人物不論身在何處，不論舟車何等辛苦，都要排除萬難，趕着回家跟家人吃團圓飯，因為這是傳統。電影角色之一的阿文就對新婚妻子Jamie說，吃團圓飯是他們家的傳統，一年只有一次，三十年來他都

沒有缺席過。因此，無論如何必須延續這個傳統。Jamie 在新加坡長
大，屬於新一代的年輕人，滿口新加坡式英語，對華人傳統習俗不
是那麼在意；甚至由於不擅家事，在廚房當婆婆的幫手時鬧了不少
笑話。電影情節的主線敘述的則是婦人 Karen Neo 在兒子阿明的陪
伴下，自新加坡搭乘長途巴士到吉隆坡妹妹家吃團圓飯的經過。
Karen Neo 是阿文的大姨媽，每年除夕循例都要長途跋涉到妹妹家團
聚。不過，今年吃年夜飯卻另有目的，那就是為阿明相親。母子旅
途中意外連連，鬧劇不斷，高潮迭起，所幸謔而不虐，每每化險為
夷，終能喜劇收場。母子在巴士上巧遇一心嚮往團圓飯的 Mindy，負
氣離開名廚的父親 Daniel，要到吉隆坡跟已經離婚的母親吃團圓飯。
途中發生巴士司機頭暈，無法繼續開車，母子改搭計程車，不巧卻
遇上因為一瓶驅風油而與 Karen Neo 發生爭執的馬來人司機。母子
與 Mindy 終於乘坐馬來人司機的計程車來到吉隆坡，Mindy 發現母
親已經另有新的家庭，失望之餘，剛好接到父親電話，就在 Karen Neo
慷慨解囊之下，搭機回到新加坡與父親團聚。馬來人司機為了照顧
剛生產的妻子，甚至把計程車借給阿明，充分發揮「一個馬來西亞」
的精神，對友族互愛互助（不過 Karen Neo 母子應該是新加坡華人），
讓 Karen Neo 母子順利完成吃團圓飯的願望。Jamie 見除夕家人團聚
的和樂情景，也打消了到巴厘島度假過年的計畫，阿文一家數十年
來吃團圓飯的傳統終於完滿地能夠延續下去。而在新加坡，Daniel 和
Mindy 父女也化解心結，與餐館經理及其親人圍爐團聚，度過一個久
違的團圓夜。跟一般喜劇的情節安排一樣，電影中的人物雖然面對
不少問題，遭遇若干挫折，但是最後問題都獲得解決，挫折也一一

消解。

　　《笑着回家》在風格上近似《大日子》，語言混雜，至少混用了英語、粵語、華語及馬來語，對白更是活潑寫實，處處機鋒，彷如嘉年華會，就一部所謂的賀歲片而言，娛樂效果十足。《大日子》的背景是偏遠的小漁村，《笑着回家》則把鏡頭帶到新加坡和吉隆坡這兩個大城市，甚至人物的社經地位也稍有差異。《大日子》的主要角色在經濟上時有困窘，《笑着回家》中的人物大概多屬中產階級，把除夕圍爐吃飯視為頭等大事，似乎人人無不全力以赴。對這些人來說，吃飯的背後其實另有含意。這頓飯非比尋常，跟平日吃飯意義很不一樣，因為這其中隱含維護傳統習俗，延續華人文化的嚴肅意義。導演安排新加坡文化部長一家人在除夕夜到名廚 Daniel 的餐館吃年夜飯，情節雖然稍嫌牽強（餐館只招待文化部長一家人），但是顯然另有深意。為什麼是文化部長，而不是其他首長？

　　不論把吃團圓飯視為習俗、傳統，或者文化記憶，對許多華人來說，這可能是一年之中最饒富意義的一頓飯。對影片中的某些人物而言，要吃這一頓團圓飯可不是那麼順理成章的事。Karen Neo 母子一路顛簸，風波不斷，最後還虧得在友族司機的協助之下，才勉強趕上年夜飯，名廚 Daniel 為他們準備的帝皇魚生也不致於餿掉。Mindy 為了吃一頓團圓飯，竟然新加坡和吉隆坡兩地奔波，新馬雖然只是一水之隔，卻也是跨國來回。不過這也說明了國界的文化意義不大，連繫新馬兩國華人的反而是離散想像。另一位新加坡華人的 Jamie 要到了吉隆坡的婆家之後，在廚房惹了不少小禍，眼看婆家親人團聚，開懷歡樂，終於拋開自我，融入大家庭中，跟婆家親戚歡

度團圓夜。

　　《笑着回家》這部影片所敷演的其實是通俗不過的題材，不過擺在離散的層面來看，顯然另有新意。影片中人物的遭遇象徵着華人維繫文化傳統之不易，路途雖然有驚無險，但是也是波折不少；年輕的一代也在長者的協助與誘導下，重新了解文化傳統的意義。《笑着回家》意外地打破新馬國界，為新馬華人文化增添豐富的離散想像。

三

　　吃飯是《笑着回家》這部電影的重要母題，廚房、飯廳及餐館是全片一再出現的場景，影片的主要場景調度無不在襯托吃飯的母題，因此影片以廚房的失序開始，而以餐館與飯廳的歡樂結束，最後一切重歸秩序。吃飯對華人文化的重要性自不待言。在結束本文之前，我想略為討論另一部以吃飯為主要母題的電影，同時藉這一部性質與風格完全不同的實驗性短片，說明以離散了解若干華人電影的重要意義。

　　馬來西亞導演陳翠梅的《南國以南》（2006）片長僅十一分鐘，故事背景是一九八二年的關丹，時當成千上萬的越南難民乘船漂流到馬來半島的東海岸。影片的光碟版以英文這樣介紹這部短片：「一部有關華人離散的電影。幾個世紀以來的戰爭與飢荒使得吃飯變成一種儀式。」中文的介紹是這樣的：「福建、廣東和海南歷來是南國。我們的國家，在南國以南。短片設在八十年代關丹，用當時越南難

民的情境反映華人家庭。因為幾世紀的動盪不安,我們對吃飯的態度幾乎成了一種儀式。」陳翠梅毫不掩飾她所拍的是部離散電影,她以一再重複的吃飯場景,將吃飯儀式化,強調吃飯對離散華人的重要意義,吃飯也因此成為世世代代華人揮之不去的文化記憶。

影片以一群人在海邊圍觀一艘陷於火焰中的船隻開始,鏡頭很快跳接到某一簡陋住家的屋內;這一家共四口人,包括曾祖母、孫子夫婦,以及小男孩曾孫四代人(祖父母一代已經不在),正在準備吃飯。就在吃飯的時候,門口出現一對越南難民父女,希望以金塊換取食物。曾祖母以白飯相贈,婉拒金塊。短短的十一分鐘,做母親的一再要小男孩去喚父親吃飯,而全家圍坐吃飯的場景也至少出現三次。吃飯的時候,除了小男孩好奇的問話外,飯桌上出奇安靜。我們從對話中知道警察嚴禁村民救濟越南難民,這段對話當然隱含影片的批判意義。曾祖母於是感嘆說道:「我們華人真歹命,一塊金換一包米。」影片鏡頭最後回到海邊。小男孩看着一位馬來人以樹枝撥動船身被燒過後殘留的灰燼。鏡頭接着拉遠,對準天邊如火焰般燃燒的晚霞,影片在海天一色的影像中結束。

《南國以南》基本上以福建話(閩南語)發音,除曾祖母上述那句畫蛇點睛的話外,整部片子的節奏舒緩而平靜。陳翠梅大量採用定格鏡頭,鮮少移動攝影機,而以簡單的語言與質樸的敘事嘗試勾勒離散華人的生存命運。祖孫四代,南來已久,吃飯的儀式卻巧妙地將他們跟離散華人連結在一起。《南國以南》與《笑着回家》當然分屬不同類型的電影,不論情節敘事、電影語言、場景調度或攝影運鏡等,都不能同日而語。不過二者只是以不同的方式闡釋吃飯

對華人的根本意義。僅就文化記憶而言，我以為二者其實也不是不能相提並論。就像本文所討論的其他影片一樣，離散作為象徵性資本，非但擴大了這些影片的文化想像，也為這些影片的詮釋增添許多可能性。

† 本文初刊於《電影欣賞學刊》第十五期（二〇一一年十二月），頁 10-17。

本卷作者簡介

李有成，曾任中央研究院歐美研究所特聘研究員、所長、《歐美研究》季刊主編、國家科學委員會（現科技部）外國文學學門召集人、中華民國比較文學學會理事長、國立中山大學合聘教授、國立臺灣大學與國立臺灣師範大學兼任教授。曾榮獲三次科技部（含前國家科學委員會）傑出研究獎、第六十二屆教育部學術獎，並膺選為第八屆國立臺灣師範大學傑出校友。其研究領域主要包括非裔與亞裔美國文學、當代英國小說、馬華文學、文學理論與文化批評等。近期著作有《文學的多元文化軌跡》、《在理論的年代》、《文學的複音變奏》、《踰越：非裔美國文學與文化批評》、《在甘地銅像前：我的倫敦札記》、《他者》、《離散》、《記憶》、《荒文野字》、《詩的回憶及其他》、《和解：文學研究的省思》及詩集《鳥及其他》、《時間》、《迷路蝴蝶》等。